Sapkın Kız Kardeşler

Sapkın Kız Kardeşler

Aldivan Torres

aldivan teixeira torres

CONTENTS

1 | Pesqueira şehrinde tur   1

1

Pesqueira şehrinde tur

Sapkın Kız Kardeşler
Aldivan Torres
Sapkın Kız Kardeşler

Yazar: *Aldivan Torres*
2020- Aldivan Torres ·
Tüm hakları saklıdır

Bu kitap, tüm parçaları da dahil olmak üzere, telif hakkıyla korunmaktadır ve yazarın izni olmadan çoğaltılamaz, yeniden satılamaz veya devredilemez.

Aldivan Torres, Görücü, edebi bir sanatçıdır. Yazılarıyla halkı memnun etmeyi ve onu zevkin zevklerine götürmeyi vaat ediyor. Seks, var olan en iyi şeylerden biridir.

Özveri ve teşekkür

Bu erotik diziyi benim gibi tüm seks severlere ve sapkınlara ithaf ediyorum. Tüm çılgın zihinlerin beklentilerini karşılamayı umuyorum. Bu çalışmaya burada Amelinha, Belinha ve arkadaşlarının tarih yazacağı inancıyla başlıyorum. Daha fazla uzatmadan, okuyucularıma sıcak bir sarılma.

Yetkin okuma ve çok eğlenceli.

Sevgiyle, yazar.

Sunum

Amelinha ve Belinha, Pernambuco'nun içinde doğup büyüyen iki kız kardeştir. Çiftçi babaların kızları, ülke hayatının şiddetli zorluklarıyla yüzlerinde bir gülümsemeyle nasıl yüzleşeceklerini çok önceden biliyorlardı. Bununla birlikte kişisel fetihlerine ulaşıyorlardı. Birincisi bir kamu maliyesi denetçisi, diğeri ise daha az zeki, Arcoverde'de temel eğitim öğretmeni olan bir belediye.

Profesyonel olarak mutlu olmalarına rağmen, ikisinin ilişkilerle ilgili ciddi bir kronik sorunu vardır çünkü prenslerini asla büyüleyici bulmadılar, bu da her kadının hayalidir. En büyüğü Belinha, bir süre bir erkekle yaşamaya başladı. Ancak, küçük kalbindeki onarılamaz travmalarda ortaya çıkan şeye ihanet edildi. Yollarını ayırmak zorunda kaldı ve bir erkek yüzünden bir daha asla acı çekmeyeceğine söz verdi. Amelinha, talihsiz bir şey, bizi nişanlandıramıyor bile. Kim Amelinha ile evlenmek ister? Arsız kahverengi saçlı, sıska, orta boylu, bal renkli gözleri, orta poposu, karpuz gibi göğüsleri, büyüleyici bir gülümsemenin ötesinde tanımlanmış göğsü olan bir insandır. Kimse onun gerçek sorununun ne olduğunu ya da her ikisini birden bilmiyor.

Kişilerarası ilişkileriyle ilgili olarak, aralarında sırları paylaşmaya yakındırlar. Belinha bir alçak tarafından ihanete uğradığından, Amelinha kız kardeşinin acılarını çekti ve erkeklerle oynamaya başladı. İkili, "Kız Kardeşler" olarak bilinen dinamik bir ikili haline geldi. Buna rağmen, erkekler oyuncakları olmayı severler. Çünkü Belinha ve Amelinha'yı bir an için bile sevmekten daha iyi bir şey yoktur. Onların hikayelerini birlikte tanıyalım mı?

Sapkın Kız Kardeşler
Sapkın Kız Kardeşler

Özveri ve teşekkür
Sunum
Siyah adam
Yangın
Tıbbi konsültasyon
Özel Ders
Rekabet testi
Öğretmenin dönüşü
Manik palyaço
Pesqueira şehrinde tur

Siyah adam

Amelinha ve Belinha'nın yanı sıra büyük profesyoneller ve aşıklar, sosyal ağlara entegre olmuş güzel ve zengin kadınlardır. Cinsiyetin kendisine ek olarak, arkadaş edinmeye de çalışırlar.

Bir keresinde, bir adam sanal sohbete girdi. Takma adı "Siyah Adam" idi. O anda, kısa süre sonra titredi çünkü siyah erkekleri seviyordu. Efsaneye göre tartışmasız bir çekiciliğe sahipler.

"Merhaba, güzel! "Kutsanmış siyah adamı çağırdın.

"Merhaba, tamam mı? "İlgi çekici Belinha'ya cevap verdim.

"Hepsi harika. İyi geceler!

"İyi geceler. Siyah insanları seviyorum!

"Bu beni derinden etkiledi! Ancak bunun özel bir nedeni var mı? Adınız ne?

"Sebebi kız kardeşim ve ben erkekleri severim, ne demek istediğimi biliyorsan. Adından da anlaşılacağı kadarıyla burası çok özel bir ortam olsa da saklayacak hiçbir şeyim yok. Benim adım Belinha. Sizinle tanıştığımıza memnun oldum.

"Zevk tamamen benim. Benim adım Flavius ve ben gerçekten çok iyiyim!

"Sözlerinde sertlik hissettim. Sezgilerimin doğru olduğunu mu söylemek istiyorsun?

"Buna şimdi cevap veremem çünkü bu tüm gizemi sona erdirir. Kız kardeşinizin adı nedir?

"Onun adı Amelinha.

"Amelinha! Güzel isim! Kendinizi fiziksel olarak tanımlayabilir misiniz?

"Sarışın, uzun, güçlü, uzun saçlı, büyük popo, orta göğüslüyüm ve heykelsi bir vücudum var. Ya sen?

"Siyah renk, bir metre ve seksen santimetre yüksekliğinde, güçlü, lekeli, kolları ve bacakları kalın, düzgün, şarkı söyleyen saçlar ve tanımlanmış yüzler.

"Eyvah! Ah! Beni açıyorsun!

"Bu konuda endişelenme. Beni kim tanıyor, asla unutmuyor?

"Şimdi beni delirtmek mi istiyorsun?

"Bunun için üzgünüm, bebeğim! Sadece sohbetimize biraz çekicilik katmak için.

"Kaç yaşındasın?

"Yirmi beş yıl ve seninki?

"Ben otuz sekiz yaşındayım ve kız kardeşim otuz dört yaşındayım. Yaş farkına rağmen, oldukça yakınız. Çocuklukta, zorlukların üstesinden gelmek için birleştik. Gençken hayallerimizi paylaşırdık. Ve şimdi, yetişkinlikte, başarılarımızı ve hayal kırıklıklarımızı paylaşıyoruz. Onsuz yaşayamam.

"Harika! Bu duygunuz inanılmaz derecede güzel. İkinizle de tanışma dürtüsünü alıyorum. O da senin kadar yaramaz mı?

"Etkili bir şekilde, yaptığı işte en iyisi. Çok akıllı, güzel ve kibar. Benim avantajım daha akıllı olmam.

"Ama bunda bir sorun görmüyorum. İkisini de seviyorum.

"Gerçekten hoşuna gitti mi? Biliyorsun, Amelinha özel bir kadın. Kız kardeşim olduğu için değil, kocaman bir kalbi olduğu için. Onun için biraz üzülüyorum çünkü hiç damadı olmadı. Hayalinin evlenmek olduğunu biliyorum. Bir ayaklanmada bana katıldı çünkü arkadaşım tarafından ihanete uğradım. O zamandan beri, sadece hızlı ilişkiler arıyoruz.

"Tamamen anlıyorum. Ben de bir sapığım. Ancak, özel bir nedenim yok. Sadece gençliğimin tadını çıkarmak istiyorum. Harika insanlar gibi görünüyorsun.

"Çok teşekkür ederim. Gerçekten Arcoverde misin?

"Evet, şehir merkezindenim. Ya sen?

" aziz Kristof mahallesinden.

"Harika. Yalnız mı yaşıyorsun?

"Evet. Otobüs durağının yakınında.

"Bugün bir adamdan ziyaret alabilir misin?

"Çok isteriz. Ancak her ikisini de yönetmelisiniz. Tamam?

"Merak etme, aşkım. Üçe kadar idare edebilirim.

"Ah, evet! Doğru!

"Tam orada olacağım. Yerini açıklayabilir misiniz?

"Evet. Bu benim zevkim olacak.

"Nerede olduğunu biliyorum. Oraya geliyorum!

Siyah adam odadan ayrıldı ve Belinha da öyle. Bundan yararlandı ve kız kardeşiyle tanıştığı mutfağa taşındı. Amelinha akşam yemeği için kirli bulaşıkları yıkıyordu.

"Sana iyi geceler, Amelinha. İnanmayacaksınız. Bilin bakalım kim geliyor.

"Hiçbir fikrim yok, kız kardeşim. Kim?

"Flavius. Onunla sanal sohbet odasında tanıştım. O bugün bizim eğlencemiz olacak.

"Neye benziyor?

"Bu Siyah Adam. Hiç durup bunun güzel olabileceğini düşündünüz mü? Zavallı adam ne yapabileceğimizi bilmiyor!

"Gerçekten kız kardeş! Onu bitirelim.

"Benimle birlikte düşecek! "Dedi Belinha.

"Hayır! Benimle olacak" diye yanıtladı Amelinha.

"Kesin olan bir şey var: Birimiz ile birlikte düşecek" diye bitirdi Belinha.

"Bu doğru! Yatak odasında her şeyi hazırlamaya ne dersiniz?

"İyi fikir. Sana yardım edeceğim!

İki doyumsuz bebek, erkeğin gelişi için her şeyi organize ederek odaya gitti. Bitirir bitirmez, zilin çaldığını duyarlar.

"O mu, kız kardeşim? "Amelinha'ya sordum.

"Birlikte kontrol edelim! (Belinha)

"Haydi! Amelinha kabul etti.

Adım adım, iki kadın yatak odasının kapısından geçti, yemek odasından geçti ve sonra oturma odasına geldi. Kapıya doğru yürüdüler. Açtıklarında Flavius'un büyüleyici ve erkeksi gülümsemesiyle karşılaşırlar.

"İyi geceler! Anlaşıldı? Ben Flavius'um.

"İyi geceler. En çok hoş geldiniz. Ben seninle bilgisayarda konuşan Belinha'yım ve yanımdaki bu tatlı kız benim kız kardeşim.

"Tanıştığımıza memnun oldum, Flavius! "dedi Amelinha.

"Tanıştığımıza memnun oldum. İçeri girebilir miyim?

"Tabii! "İki kadın aynı anda cevap verdi.

Aygır, dekorun her detayını gözlemleyerek odaya erişebildi. O kaynayan zihinde neler oluyordu? Özellikle bu kadın örneklerinin her biri ona dokundu. Bir an sonra, iki fahişenin gözlerinin içine derinlemesine bakarak şöyle dedi:

"Yapmaya geldiğim şeye hazır mısın?

"Hazır" Aşıkları onayladı!

Üçlü sert bir şekilde durdu ve evin daha büyük odasına doğru uzun bir yol yürüdü. Kapıyı kapatarak, cennetin birkaç saniye içinde cehenneme gideceğinden emindiler. Her şey mükemmeldi: Havluların düzenlenmesi, seks oyuncakları, tavan televizyonunda oynayan porno film ve canlı romantik müzik. Hiçbir şey harika bir akşamın zevkini elinden alamazdı.

İlk adım yatağın yanında oturmaktır. Siyah adam iki kadının kıyafetlerini çıkarmaya başladı. Seks için duydukları şehvet ve susuzluk o kadar büyüktü ki, bu tatlı bayanlarda biraz endişe yarattılar. Spor salonundaki günlük antrenmanla iyi çalışan göğüs kafesini ve karnını gösteren gömleğini çıkarıyordu. Bu bölgedeki ortalama saçlarınız kızlardan iç çekti. Daha sonra, Box iç çamaşırının görüşüne izin veren pantolonunu çıkardı ve sonuç olarak hacmini ve erkekliğini gösterdi. Şu anda, organa dokunmalarına izin verdi ve daha dik hale getirdi. Hiçbir sır vermeden, Tanrı'nın ona verdiği her şeyi gösteren iç çamaşırını attı.

Yirmi iki santimetre uzunluğundaydı, onları delirtecek kadar on dört santimetre çapındaydı. Zaman kaybetmeden, üzerine düştüler. Ön sevişme ile başladılar. Biri horozunu ağzında yutarken, diğeri skrotum torbalarını yaladı. Bu operasyonca üç dakika oldu. Seks için tamamen hazır olacak kadar uzun.

Sonra birine ve sonra diğerine tercihsiz nüfuz etmeye başladı. Mekiğin sık sık temposu, eylemi takiben inlemelere, çığlıklara ve çoklu orgazmlara neden oldu. Otuz dakikalık vajinal seksti. Her biri zamanın yarısı. Sonra oral ve anal seks ile sonuçlandılar.

Yangın

Pernambuco'nun tüm ormanlarının başkentinde soğuk, karanlık ve yağmurlu bir geceydi. Ön rüzgarların saatte yüz kilometreye ulaştığı anlar zavallı kız kardeşler Amelinha ve Belinha'yı korkutuyordu. İki kız kardeş, Saint Cristopher mahallesindeki basit konutlarının oturma odasında buluştu. Yapacak hiçbir şeyleri olmadan, genel şeyler hakkında mutlu bir şekilde konuştular.

"Amelinha, çiftlik ofisindeki günün nasıldı?

"Aynı eski şey: Vergi ve gümrük idaresinin vergi planlamasını organize ettim, vergilerin ödenmesini yönettim, vergi kaçakçılığının önlenmesinde ve bunlarla mücadelede çalıştım. İş gerektiriyor ve sıkıcı. Ama ödüllendirici ve iyi ücretli. Ya sen? Okuldaki rutininiz nasıldı? "Amelinha'ya sordum.

"Sınıfta, öğrencileri en iyi şekilde yönlendiren içerikleri geçtim. Hataları düzelttim ve sınıfı rahatsız eden öğrencilerin iki cep telefonunu aldım. Ayrıca davranış, duruş, dinamikler ve faydalı tavsiyeler dersleri verdim. Her neyse, öğretmen olmanın yanı sıra, ben onların annesiyim. Bunun kanıtı, aradan sonra öğrencilerin sınıfına sızmam ve onlarla birlikte seksek, hula çemberi, vur ve kaçış oynadık. Benim görüşüme göre, okul ikinci evimiz ve ondan aldığımız arkadaşlıklara ve insani bağlantılara dikkat etmeliyiz "diye yanıtladı Belinha.

"Parlak, küçük kız kardeşim. Çalışmalarımız harikadır çünkü insanlar arasında önemli duygusal ve etkileşim yapıları sağlarlar. Hiçbir insan, psikolojik ve finansal kaynaklar olmadan bile izole bir şekilde yaşayamaz" diye analiz etti Amelinha.

"Katılıyorum. Çalışma, bizi toplumumuzdaki hâkim cinsiyetçi imparatorluktan bağımsız kıldığı için bizim için çok önemlidir "dedi Belinha.

"Kesinlikle. Değerlerimize ve tutumlarımıza devam edeceğiz. İnsan sadece yatakta iyidir" diye gözlemledi Amelinha.

"İnsanlardan bahsetmişken, Hıristiyan hakkında ne düşündün? "Belinha sordu.

"Beklentilerimi karşıladı. Böyle bir deneyimden sonra, içgüdülerim ve zihnim her zaman içsel memnuniyetsizlik yaratan daha fazlasını ister. Sizin fikriniz nedir? "Amelinha'ya sordum.

"İyiydi, ama aynı zamanda senin gibi hissediyorum: eksik. Aşk ve seksten kuruyum. Giderek daha fazla istiyorum. Bugün için elimizde ne var? "Dedi Belinha.

"Fikirlerim kalmadı. Gece soğuk, karanlık ve karanlıktır. Dışarıdaki gürültüyü duyuyor musunuz? Çok fazla yağmur, yoğun rüzgarlar, şimşek ve gök gürültüsü var. Korkuyorum! "Dedi Amelinha.

"Ben de! "Belinha itiraf etti.

Şu anda, Arcoverde'de gök gürültülü bir yıldırım duyulur. Amelinha, acı ve umutsuzluk çığlıkları atan Belinha'nın kucağına atlar. Aynı zamanda, elektrik eksiktir ve her ikisini de çaresiz bırakmaktadır.

"Şimdi ne olacak? Belinha ne yapacağız? "Amelinha'ya sordum.

"Benden kurtul, orospu! Mumları alacağım! "Dedi Belinha.Belinha, mutfağa gitmek için duvarları el yordamıyla süzerken kız kardeşini nazikçe kanepenin kenarına itti. Ev küçük olduğu için bu işlemin tamamlanması uzun sürmez. Dokunaklılığı kullanarak, dolaptaki mumları alır ve stratejik olarak ocağın üstüne yerleştirilmiş kibritlerle onları yakar.

Mumun yanmasıyla sakince, yüzünde gizemli bir gülümsemeyle kız kardeşiyle buluştuğu odaya geri döner. Ne yapıyordu?

"Havalandırma yapabilirsin, kız kardeş! Bir şeyler düşündüğünü biliyorum" dedi Belinha.

"Ya şehir itfaiyesini yangın uyarısı için ararsak? Dedi Amelinha.

"Bunu açıklığa kavuşturmama izin verin. Bu adamları cezbetmek için kurgusal bir ateş icat etmek ister misiniz? Ya tutuklanırsak?" Belinha korkuyordu.

"Meslektaşım! Eminim sürprizi seveceklerdir. Böyle karanlık ve sıkıcı bir gecede daha iyi ne yapmaları gerekiyor? "Dedi Amelinha.

"Haklısın. Eğlence için size teşekkür edecekler. Bizi içeriden tüketen ateşi kıracağız. Şimdi, soru geliyor: Onları çağırma cesaretine kim sahip olacak? "Belinha 'ya sordum.

"Çok utangacım. Bu görevi sana bırakıyorum, kız kardeşim" dedi Amelinha.

"Her zaman ben. Tamam. Ne olursa olsun Amelinha. " Belinha sözlerini noktaladı.

Kanepeden kalkan Belinha, cep telefonunun kurulu olduğu köşedeki masaya gider. İtfaiyenin acil durum numarasını arar ve cevaplanmayı bekler. Birkaç dokunuştan sonra, diğer taraftan konuşan derin, sağlam bir ses duyar.

"İyi geceler. Burası itfaiye. Ne istiyorsun?

"Benim adım Belinha. Arcoverde'deki Saint Cristopher mahallesinde yaşıyorum. Kız kardeşim ve ben tüm bu yağmurla çaresiziz. Burada evimizdeki elektrikler kesilince kısa devreye neden olarak cisimleri ateşe vermeye başladık. Neyse ki, kız kardeşim ve ben dışarı çıktık. Yangın yavaş yavaş evi tüketiyor. İtfaiyecilerin yardımına ihtiyacımız var" dedi kızı üzdü.

"Sakin ol, dostum. Yakında orada olacağız. Bulunduğunuz yer hakkında detaylı bilgi verebilir misiniz? "Görevli itfaiyeciye sordum.

"Evim tam olarak Central Avenue'da, üçüncü ev sağda. Bu senin için uygun mu?"

"Nerede olduğunu biliyorum. Birkaç dakika içinde orada olacağız. Sakin ol," dedi itfaiyeci.

"Bekliyoruz. Teşekkürler! "Teşekkürler Belinha.

Geniş bir sırıtışla kanepeye dönen ikili, yastıklarını bıraktı ve yaptıkları eğlenceyle homurdandı. Ancak, onlar gibi iki fahişe olmadıkça bunun yapılması önerilmez.

Yaklaşık on dakika sonra, kapının çalındığını duydular ve cevap vermeye gittiler. Kapıyı açtıklarında, her biri karakteristik güzelliğine sahip üç büyülü yüzle karşılaştılar. Biri siyahtı, altı metre boyunda, bacakları ve kolları ortaydı. Bir diğeri karanlık, bir metre ve doksan boyunda, kaslı ve heykelsiydi. Üçte biri beyaz, kısa, ince ama çok düşkündü. Beyaz çocuk kendini tanıtmak istiyor:

"Merhaba bayanlar, iyi geceler! Benim adım Roberto. Yandaki adamın adı Matta ve kahverengi adam Philip. İsimlerin nelerdir ve yangın nerede?

"Adım Belinha, seninle telefonda konuştum. Buradaki kahverengi saçlı kişi kız kardeşim Amelinha. İçeri girin ve size açıklayacağım.

"Tamam. Üç itfaiyeciyi aynı anda aldılar.

Beşli eve girdi ve elektrik geri döndüğü için her şey normal görünüyordu. Kızlarla birlikte oturma odasındaki kanepeye yerleşirler. Şüpheli, sohbet ediyorlar.

"Yangın bitti, değil mi? "Matta sordu.

"Evet. Kahramanca bir çaba sayesinde onu zaten kontrol ediyoruz "diye açıkladı Amelinha.

"Yazık! Çalışmak istiyordum. Orada kışlada rutin çok monoton, "dedi Felipe.

"Bir fikrim var. Daha zevkli bir şekilde çalışmaya ne dersiniz? "Belinha önerdi.

"Benim düşündüğüm kişi olduğunu mu söylemek istiyorsun? "Felipe'yi sorguladım.

"Evet. Biz zevki seven bekar kadınlarız. Eğlence havasında mısınız? "Belinha'ya sordum.

"Sadece şimdi gidersen" diye yanıtladı siyah adam.

"Ben de varım" diye onayladı Kahverengi Adam.

"Bekle beni" Beyaz çocuk müsait.

"Öyleyse hadi bakalım," dedi kızlar.

Beşli odaya çift kişilik bir yatağı paylaşarak girdi. Sonra seks orgy başladı. Belinha ve Amelinha, üç itfaiyecinin zevkine katılmak için sırayla gitti. Her şey büyülü görünüyordu ve onlarla birlikte olmaktan daha iyi bir his yoktu. Çeşitli hediyelerle, mükemmel bir resim yaratan cinsel ve konumsal varyasyonları deneyimlediler.

Kızlar, bu profesyonelleri delirten cinsel şevklerinde doyumsuz görünüyorlardı. Geceyi seks yaparak geçirdiler ve zevk hiç bitmeyecek gibi görünüyordu. İşten acil bir çağrı alana kadar ayrılmadılar. İstifa ettiler ve polis raporuna cevap vermeye gittiler. Yine de "Kız Kardeşler" ile birlikte bu harika deneyimi asla unutmayacaklardı.

Tıbbi konsültasyon

Güzel taşra başkentinde şafak söktü. Genellikle, iki kız kardeş erken uyanıyordu. Ancak, kalktıklarında kendilerini iyi hissetmediler. Amelinha hapşırmaya devam ederken, kız kardeşi Belinha biraz boğulmuş hissetti. Bu gerçekler, önceki gece Virginia Savaş Meydanı'nda içtikleri, ağızlarından öpüştükleri ve sakin gecede uyumlu bir şekilde homurdandıkları yerlerden geldi.

Kendilerini iyi hissetmedikleri ve hiçbir şey için güçleri olmadığı için, kanepeye dini olarak oturdular ve ne yapacaklarını düşündüler çünkü mesleki taahhütler çözülmeyi bekliyordu.

"Ne yapıyoruz kardeşim? Tamamen nefesim kesildi ve bitkinim" dedi Belinha.

"Bana bundan bahset! Başım ağrıyor ve virüs kapmaya başlıyorum. Kaybolduk!" Dedi Amelinha.

"Ama bunun işi kaçırmak için bir neden olduğunu düşünmüyorum! İnsanlar bize bağlı! "Dedi Belinha

"Sakin ol, panik yapmayalım! Güzellere katılmaya ne dersiniz? "Önerilen Amelinha.

"Bana benim düşündüğüm şeyi düşündüğünü söyleme... "Belinha şaşırdı.

"Bu doğru. Gelin birlikte doktora gidelim! İşi kaçırmak için harika bir neden olacak ve kim bilir istediğimiz şey olmuyor! "Dedi Amelinha

"Harika bir fikir! Peki, daha ne bekliyoruz? Haydi hazırlanalım! "Belinha'ya sordum.

"Haydi! "Amelinha kabul etti.

İkisi kendi mahfazalarına gitti. Karar konusunda o kadar heyecanlıydılar ki; hasta bile görünmüyorlardı. Hepsi sadece onların icadı mıydı? Beni affet okuyucu, sevgili dostlarımız hakkında kötü düşünmeyelim. Bunun yerine, hayatlarının bu heyecan verici yeni bölümünde onlara eşlik edeceğiz.

Yatak odasında, süitlerinde banyo yaptılar, yeni kıyafetler ve ayakkabılar giydiler, uzun saçlarını taradılar, Fransız parfümü sürdüler ve sonra mutfağa gittiler. Orada, iki somun ekmeği dolduran yumurta ve peyniri parçaladılar ve soğutulmuş bir meyve suyuyla yediler. Her şey inanılmaz lezzetliydi. Buna rağmen, bunu hissetmiyor gibiydiler çünkü doktor randevusunun önündeki endişe ve gerginlik devasaydı.

Her şey hazır olduğunda, evden çıkmak için mutfaktan ayrıldılar. Attıkları her adımda, küçük kalpleri tamamen yeni bir deneyimde duygu düşüncesiyle çarpıyordu. Hepsi kutsansın! İyimserlik onları ele geçirdi ve başkaları tarafından takip edilecek bir şeydi!

Evin dışında, garaja giderler. İki denemede kapıyı açarak, mütevazı kırmızı arabanın önünde dururlar. Otomobillerdeki iyi zevklerine rağmen, tüm Brezilya bölgelerinde mevcut olan ortak şiddetten korktukları için popüler olanları klasiklere tercih ettiler.

Gecikmeden, kızlar yavaşça çıkışı vererek arabaya girerler ve sonra içlerinden biri garajı kapatır ve hemen ardından arabaya geri döner. On yıllık deneyime sahip Amelinha'yı kim kullanıyor? Belinha'nın henüz araba kullanmasına izin verilmiyor.

Evleri ve hastaneleri arasındaki gözle görülür derecede kısa rota güvenlik, uyum ve huzur ile yapılır. O anda, her şeyi yapabileceklerine dair yanlış bir his vardı. Çelişkili bir şekilde, kurnazlığından ve özgürlüğünden korkuyorlardı. Kendileri de yapılan eylemler karşısında şaşırdılar. Onlara sümüklü iyi piçler denmesi daha az bir şey için değildi!

Hastaneye vardıklarında randevuyu planladılar ve aranmayı beklediler. Bu zaman aralığında bir şeyler atıştırmanın avantajını kullandılar ve sevgili cinsel hizmetkarlarıyla mobil uygulama üzerinden mesaj alışverişinde bulundular. Bunlardan daha alaycı ve neşeli, olmak imkansızdı!

Bir süre sonra görülme sırası onlarda. Ayrılamaz, bakım ofisine girerler. Bu olduğunda, doktor neredeyse kalp krizi geçirir. Önlerinde nadir bir erkek parçası vardı: Uzun boylu, sarı saçlı, bir metre doksan santimetre boyunda, sakallı, at kuyruğu oluşturan saçlar, kaslı kollar ve göğüsler, melek görünümlü doğal yüzler. Daha bir tepki taslağı hazırlayamadan davet ediyor:

"Oturun, ikiniz de!

"Teşekkür ederim!" İkisini de söylediler.

İkisinin çevrenin hızlı bir analizini yapmak için zamanları var: Servis masasının önünde, doktor, oturduğu sandalye ve bir dolabın arkasında. Sağ tarafta, bir yatak. Duvarda, yazar Cândido Portinari'nin kırsal kesimden gelen adamı tasvir eden dışavurumcu resimleri. Atmosfer, kızları rahat bırakarak çok rahat. Rahatlama atmosferi, konsültasyonun resmi yönüyle bozulur.

"Bana ne hissettiğinizi söyleyin kızlar!

Bu kızlara gayri resmi geliyordu. O sarışın adam ne kadar tatlıydı! Yemek lezzetli olmalıydı.

"Baş ağrısı, tartışmasızdık ve virüs!" Amelinha'ya söyledim.

"Nefesim kesildi ve yorgunum!" Belinha iddia etti.

"Sorun değil! Bakalım! Yatağa uzan!" Doktor sordu.

Fahişeler bu istek üzerine zar zor nefes alıyorlardı. Profesyonel, kıyafetlerinin bir kısmını çıkarmalarını sağladı ve titreme ve soğuk terlemelere neden olan çeşitli yerlerde hissetti. Onlarda ciddi bir şey olmadığını anlayan görevli şaka yaptı:

"Her şey mükemmel görünüyor! Neyden korkmalarını istiyorsun? Kıçına bir enjeksiyon mu?

"Bayıldım! Büyük ve kalın bir enjeksiyon ise daha da iyi! "Dedi Belinha.

"Yavaşça uygulayacak mısın, aşkım? "Dedi Amelinha.

"Yesen zaten çok fazla şey istiyorsun! "Klinisyen not etti.

Kapıyı dikkatlice kapatarak, vahşi bir hayvan gibi kızların üzerine düşer. İlk olarak, kıyafetlerin geri kalanını cesetlerden çıkarır. Bu onun libidosunu daha da keskinleştirir. Tamamen çıplak olarak, bir an için bu heykelsi yaratıklara hayran kalır. O zaman gösteriş yapma sırası onda. Kıyafetlerini çıkarmalarını sağlar. Bu, grup arasındaki etkileşimi ve samimiyeti arttırır.

Her şey hazır olduğunda, seksin ön hazırlıklarına başlarlar. Dili anüs, kıç ve kulak gibi hassas kısımlarda kullanmak, sarışın her iki kadında da mini zevk orgazmlarına neden olur. Birisi kapıyı çalmaya devam ettiğinde bile her şey yolunda gidiyordu. Çıkış yolu yok, cevap vermek zorunda. Biraz yürüyor ve kapıyı açıyor. Bunu yaparken, nöbetçi hemşireye rastlar: ince bacaklı ve son derece düşük olan ince bir çift ırklı kişi.

"Doktor, bir hastanın ilacı hakkında bir sorum var: beş veya üç yüz miligram Clotrimazole mi? "Roberto'ya bir tarif göstermesi istendi.

"Beş yüz! "Alex onayladı.

O anda, hemşire saklanmaya çalışan çıplak kızların ayaklarını gördü. İçeride güldüm.

"Biraz şaka mı yapıyorsun, ha, Doktor? Arkadaşlarınızı bile aramayın!

"Affedersiniz! Çeteye katılmak ister misin?

"Çok isterdim!

"O zaman gel!

İkili, arkalarındaki kapıyı kapatarak odaya girdi. Hızlıca, biracial kişi kıyafetlerini çıkardı. Çıplak, uzun, kalın, damarlı direğini bir kupa olarak gösterdi. Belinha çok sevindi ve kısa süre sonra ona oral seks yapmaya başladı. Alex ayrıca Amelinha'nın da kendisiyle aynı şeyi yapmasını istedi. Oralden sonra anal'a başladılar. Bu bölümde Belinha, hemşirenin canavar horozuna tutunmayı son derece zor buldu. Ama bir kez deliğe girdiğinde, zevkleri muazzamdı. Öte yandan, penisleri normal olduğu için herhangi bir zorluk hissetmediler.

Sonra çeşitli pozisyonlarda vajinal seks yaptılar. Boşlukta ileri geri hareket, içlerinde halüsinasyonlara neden oldu. Bu aşamadan sonra, dördü bir grup sekste birleşti. Kalan enerjilerin harcandığı en iyi deneyimdi. On beş dakika sonra, ikisi de satıldı. Kız kardeşler için seks asla bitmeyecekti, ama bu erkeklerin zayıflığına saygı duydukları için iyi. İşlerini rahatsız etmek istemeyerek, işin gerekçe belgesini ve kişisel telefonlarını almayı bıraktılar. Hastane geçişi sırasında kimsenin dikkatini çekmeden tamamen bestelenmiş olarak ayrıldılar.

Otoparka vardıklarında arabaya girdiler ve dönüş yoluna devam ettiler. Ne kadar mutlu olsalar da bir sonraki cinsel yaramazlıklarını zaten düşünüyorlardı. Kız kardeşler gerçekten bir şeydi!

Özel Ders

Diğerleri gibi bir öğleden sonraydı. İşten yeni gelenler, kız kardeşler ev işleriyle meşguldü. Tüm görevleri bitirdikten sonra, biraz dinlenmek için odada toplandılar. Amelinha bir kitap okurken, Belinha en sevdiği web sitelerine göz atmak için mobil interneti kullandı.

Bir noktada, ikincisi odada yüksek sesle çığlık atıyor ve bu da kız kardeşini korkutuyor.

"Bu nedir kızım? Sen delirdin mi? "Amelinha 'ya sordum.

Belinha, "Minnettar bir sürprizle yarışmaların web sitesine yeni eriştim" dedi.

"Bana daha fazlasını söyle!

"Federal bölge mahkemesinin kayıtları açık. Hadi yapalım mı?

"İyi çağrılar, kız kardeşim! Maaş nedir?
"On binden fazla başlangıç doları.
"Çok iyi! İşim daha iyi. Ancak, yarışmayı yapacağım çünkü kendimi başka etkinlikler aramaya hazırlıyorum. Bir deney olarak hizmet edecek.
"Çok iyi iş çıkarıyorsun! Beni cesaretlendiriyorsun. Şimdi, nereden başlayacağımı bilmiyorum. Bana ipuçları verebilir misin?
"Sanal bir kurs satın alın, test sitelerinde birçok soru sorun, önceki testleri yapın ve tekrarlayın, özetler yazın, ipuçlarını izleyin ve diğer şeylerin yanı sıra internette iyi materyaller indirin.
"Teşekkür ederim! Tüm bu tavsiyeleri alacağım! Ama daha fazlasına ihtiyacım var. Bak kardeşim, madem paramız var, özel bir ders için para ödemeye ne dersin?
"Bunu düşünmemiştim. Bu yenilikçi bir fikir! Yetkin bir kişi için herhangi bir öneriniz var mı?
"Telefon bağlantılarımda Arcoverde'den çok yetkin bir öğretmenim var. Resmine bakın!

Belinha kız kardeşine cep telefonunu verdi. Çocuğun resmini görünce kendinden geçmişti. Yakışıklılığın yanı sıra zekiydi! Hoş olana yararlı olana katılan çiftin mükemmel bir kurbanı olurdu.

"Daha ne bekliyoruz? Onu al, kız kardeş! Yakında çalışmamız gerekiyor. "dedi Amelinha.

"Anladın! "Belinha kabul etti.

Kanepeden kalkarak, sayısal tuş takımında telefonun numaralarını çevirmeye başladı. Arama yapıldıktan sonra, cevaplanması sadece birkaç dakika sürecektir.

"Merhaba. Hepiniz, değil mi?
"Her şey harika, Renato.
"Siparişleri gönderin.
"Federal bölgesel mahkeme yarışması için başvuruların açık olduğunu keşfettiğimde internette sörf yapıyordum. Hemen aklımı saygın bir öğretmen olarak adlandırdım. Okul sezonunu hatırlıyor musunuz?
"O zamanı iyi hatırlıyorum. Geri dönmeyenlere iyi günler!

"Doğru! Bize özel bir ders vermek için zamanınız var mı?
"Ne sohbet, genç bayan! Senin için her zaman zamanım var! Hangi tarihi belirliyoruz?
"Yarın saat 2:00'de yapabilir miyiz? Başlamamız gerekiyor!
"Tabii ki, yaparım! Yardımımla, alçakgönüllülükle geçme şansının inanılmaz derecede arttığını söylüyorum.
"Bundan eminim!
"Ne güzel! Beni saat 2:00'de bekleyebilirsiniz.
"Çok teşekkür ederim! Yarın görüşürüz!
"Daha sonra görüşürüz!
Belinha telefonu kapattı ve arkadaşı için bir gülümseme çizdi. Cevaptan şüphelenen Amelinha sordu:
"Nasıl geçti?
"Kabul etti. Yarın saat 02.00'de burada olacak.
"Ne güzel! Sinirler beni öldürüyor!
"Sadece sakin ol, kız kardeşim! Her şey yoluna girecek.
" öyle olsun!
"Akşam yemeği hazırlayalım mı? Zaten açım!
"İyi hatırlandı.!

Çift, oturma odasından, hoş bir ortamda diğer aktivitelerin yanı sıra konuştuğu, oynadığı, yemek pişirdiği mutfağa gitti. Acı ve yalnızlıkla birleşmiş örnek kız kardeşler figürleriydiler. Sekste oldukları gerçeği onları sadece daha da niteliklendirdi. Hepinizin bildiği gibi, Brezilyalı kadınının sıcak kanı var.

Kısa bir süre sonra, masanın etrafında kardeşleşiyorlar, hayatı ve onun mağduriyetlerini düşünüyorlardı.

"Bu lezzetli tavuk unu yerken, siyah adamı ve itfaiyecileri hatırlıyorum! Hiç geçmeyecek gibi görünen anlar! "Belinha dedi!

"Bana bundan bahset! Bu adamlar lezzetli! Hemşire ve doktordan bahsetmiyorum bile! Ben de çok sevdim! "Amelinha hatırladım!

"Yeterince doğru, kız kardeşim! Güzel bir direğe sahip olmak herhangi bir erkek hoş olur! Feministler beni affetsin!

"Bu kadar radikal olmamıza gerek yok...!

İkisi gülüyor ve masadaki yiyecekleri yemeye devam ediyor. Bir an için başka hiçbir şeyin önemi yoktu. Dünyada yalnızdılar ve bu onları güzellik ve sevgi tanrıçaları olarak nitelendirdi. Çünkü en önemli şey kendini iyi hissetmek ve özgüven sahibi olmaktır.

Kendilerine güvenerek, aile ritüeline devam ederler. Bu aşamanın sonunda internette sörf yapıyor, oturma odasındaki müzik setinde müzik dinliyor, pembe diziler ve daha sonra porno film izliyorlar. Bu telaş onları nefessiz bırakır ve yorgun düşürür ve onları kendi odalarında dinlenmeye zorlar. Ertesi günü sabırsızlıkla bekliyorlardı.

Derin bir uykuya dalmaları çok uzun sürmeyecek. Kabusların yanı sıra, gece ve şafak normal aralıkta gerçekleşir. Şafak söker gelmez kalkar ve normal rutini takip etmeye başlarlar: Banyo, kahvaltı, iş, eve dönüş, banyo, öğle yemeği, şekerleme ve planlanan ziyareti bekledikleri odaya taşınırlar.

Kapının çalındığını duyduklarında, Belinha ayağa kalkar ve cevap vermeye gider. Bunu yaparken, gülümseyen öğretmenle karşılaşır. Bu onun iyi bir iç memnuniyete neden oldu.

"Tekrar hoş geldin, dostum! Bize öğretmeye hazır mısınız?

"Evet, çok, çok hazır! Bu fırsat için tekrar teşekkürler! "Dedi Renato.

"İçeri girelim! " dedi Belinha.

Oğlan iki kez düşünmedi ve kızın isteğini kabul etti. Amelinha'yı selamladı ve sinyaliyle kanepeye oturdu. İlk tavrı siyah örme bluzu çıkarmak oldu çünkü çok sıcaktı. Bununla, iyi çalışılmış göğüs plakasını spor salonunda, damlayan terini ve koyu tenli ışığını bıraktı. Bütün bu detaylar bu iki "Sapık" için doğal bir afrodizyaktı.

Hiçbir şey olmuyormuş gibi davranarak, üçü arasında bir konuşma başlatıldı.

"İyi bir ders hazırladın mı, profesör? "Amelinha 'ya sordum.

"Evet! Hangi makale ile başlayalım? "Renato 'ya sordu.

"Bilmiyorum... "dedi Amelinha.

"Önce eğlenmeye ne dersin? Sen gömleğini çıkardıktan sonra ıslandım! "İtiraf etti Belinha.

"Ben de" dedi Amelinha.

"Siz ikiniz gerçekten seks manyaklarısınız! Sevdiğim şey bu değil mi? "Dedi usta.

Bir cevap beklemeden, uyluğunun addüktör kaslarını gösteren mavi kot pantolonunu, mavi gözlerini gösteren güneş gözlüklerini ve son olarak uzun penisli, orta kalınlıkta ve üçgen başlı iç çamaşırını çıkardı. Küçük fahişelerin tepeye düşmesi ve o erkeksi, neşeli bedenin tadını çıkarmaya başlaması yeterliydi. Onun yardımıyla kıyafetlerini çıkardılar ve seksin ön hazırlıklarına başladılar.

Kısacası, bu birçok yeni şey deneyimledikleri harika bir cinsel karşılaşmaydı. Tam bir uyum içinde kırk dakikalık vahşi seks oldu. Bu anlarda, duygu o kadar büyüktü ki, zaman ve mekânı bile fark etmediler. Bu nedenle, Tanrı'nın sevgisi sayesinde sonsuzdular.

Coşkuya ulaştıklarında, kanepede biraz dinlendiler. Daha sonra yarışma tarafından yüklenen disiplinleri incelediler. Öğrenciler olarak, ikisi de yardımsever, zeki ve disiplinliydi, bu da öğretmen tarafından not edildi. Eminim onay alma yolundaydılar.

Üç saat sonra, umut verici yeni çalışma toplantılarından ayrıldılar. Hayatta mutlu olan sapkın kız kardeşler, bir sonraki maceralarını düşünerek diğer görevleriyle ilgilenmeye gittiler. Şehirde "Doyumsuz" olarak biliniyorlardı.

Rekabet testi

Bir süre oldu. Yaklaşık iki ay boyunca, kız kardeşler kendilerini mevcut zamana göre yarışmaya adadılar. Geçen her gün, gelen ve giden her şey için daha hazırlıklıydılar. Aynı zamanda, cinsel karşılaşmalar vardı ve bu anlarda özgürleştirildiler.

Sınav günü nihayet gelmişti. Hinterlandın başkentinden erken ayrılan iki kız kardeş, toplam 250 km'lik bir rotanın BR 232 otoyolunda yürümeye başladı. Yolda, devletin iç kısımlarının ana noktalarından geçtiler: Pesqueira, Belo Jardim, São Caetano, Caruaru, Gravatá, Bezerros ve Vitória de Santo Antão. Bu şehirlerin her birinin anlatacak bir hikayesi vardı ve deneyimlerinden tamamen özümsediler. Dağları, Atlantik Ormanı'nı, caatinga'yı, çiftlikleri, çiftlikleri, köyleri, küçük kasabaları görmek ve ormanlardan gelen temiz havayı yudumlamak ne kadar güzeldi. Pernambuco harika bir eyaletti!

Başkentin kentsel çevresine girerek, Yolculuğun iyi gerçekleşmesini kutluyorlar. Ana caddeyi, testi gerçekleştirecekleri mahalleye iyi bir yolculuk yapın. Yolda, sıkışık trafik, yabancılara karşı kayıtsızlık, kirli hava ve rehberlik eksikliği ile karşı karşıyalar. Ama sonunda başardılar. İlgili binaya girerler, kendilerini tanımlarlar ve iki dönem sürecek teste başlarlar. Testin ilk bölümünde, tamamen çoktan seçmeli soruların zorluğuna odaklanırlar. Olaydan sorumlu banka tarafından detaylandırılan şey, ikisinin en çeşitli detaylandırılmasına neden oldu. Onların görüşüne göre, iyi gidiyorlardı. Mola verdiklerinde, öğle yemeği ve binanın önündeki bir restoranda meyve suyu içmek için dışarı çıktılar. Bu anlar güvenlerini, ilişkilerini ve arkadaşlıklarını sürdürmeleri için önemliydi.

Ondan sonra test alanına geri döndüler. Daha sonra etkinliğin ikinci dönemine diğer disiplinlerle ilgili konularla başladı. Aynı tempoyu korumadan bile, yanıtlarında hala çok anlayışlıydılar. Bu şekilde, yarışmaları geçmenin en iyi yolunun çalışmalara çok şey adamak olduğunu kanıtladılar. Bir süre sonra, kendinden emin katılımlarına son verdiler. Kanıtları teslim ettiler, arabaya geri döndüler, yakındaki plaja doğru ilerlediler.

Yolda çaldılar, sesi açtılar, yarış hakkında yorum yaptılar ve gece olduğu için başkentin aydınlatılmış sokaklarını izleyerek Recife sokaklarında ilerlediler. Görülen gösteriye hayret ediyorlar. Şehrin "tropiklerin başkenti" olarak bilinmesi şaşırtıcı değil. Güneşin batışı çevreye daha da muhteşem bir görünüm kazandırıyor. O anda orada olmak ne güzel!

Yeni noktaya ulaştıklarında, denizin kıyılarına yaklaştılar ve daha sonra soğuk ve sakin sularına fırlatıldılar. Kışkırtılan duygu sevinç, memnuniyet, memnuniyet ve huzurun coşkusudur. Zamanın izini kaybederek yorulana kadar yüzerler. Bundan sonra, herhangi bir korku veya endişe duymadan yıldız ışığında sahilde uzanırlar. Sihir onları zekice ele geçirdi. Bu durumda kullanılacak bir kelime "Ölçülemez" idi.

Bir noktada, plaj neredeyse ıssızken, kızların iki erkeğinin bir yaklaşımı var. Tehlike karşısında ayağa kalkıp koşmaya çalışırlar. Ama oğlanların güçlü kolları tarafından durdurulurlar.

"Sakin ol, kızlar! Size zarar vermeyeceğiz! Sadece biraz ilgi ve sevgi istiyoruz!" İçlerinden biri konuştu.

Yumuşak tonla karşı karşıya kalan kızlar duyguyla güldüler. Eğer seks yapmak istiyorlarsa, neden onları tatmin etmiyorlar? Bu sanatta uzmandılar. Beklentilerine cevap vererek, ayağa kalktılar ve kıyafetlerini çıkarmalarına yardımcı oldular. İki prezervatif teslim ettiler ve striptiz yaptılar. Bu iki adamı delirtmek için yeterliydi.

Yere düşerek, birbirlerini çiftler halinde sevdiler ve hareketleri zemini sarstı. Her ikisinin de tüm cinsel varyasyonlarına ve arzularına izin verdiler. Bu teslimat noktasında, hiçbir şeyi ya da kimseyi umursamıyorlardı. Onlar için, evrende önyargısız büyük bir sevgi ritüelinde yalnızdılar. Sekste, hiç görülmemiş bir güç üreten tamamen iç içe geçmişlerdi. Aletler gibi, yaşamın devamında daha büyük bir gücün parçasıydılar.

Sadece yorgunluk onları durmaya zorlar. Tamamen memnun olan adamlar istifa etti ve uzaklaştı. Kızlar arabaya geri dönmeye karar verirler. İkametgahlarına geri dönüş yolculuklarına başlarlar. Yanlarında deneyimlerini aldılar ve katıldıkları yarışma hakkında iyi haberler bekliyorlardı. Kesinlikle dünyadaki en iyi şansları hak ettiler.

Üç saat sonra huzur içinde eve döndüler. Uyumanın verdiği nimetler için Allah'a şükrederler. Geçen gün, iki için daha fazla duygu bekliyordum.

Öğretmenin dönüşü

Şafak. Güneş, pencerenin çatlaklarından geçen ışınlarıyla erken doğar ve sevgili bebeklerimizin yüzlerini okşayacak. Ek olarak, güzel sabah esintisi içlerinde ruh hali yaratmaya yardımcı oldu. Baba'nın kutsamasıyla başka bir günün fırsatına sahip olmak ne kadar güzeldi. Yavaş yavaş, ikisi aynı anda kendi yataklarından kalkıyorlar. Banyodan sonra buluşmaları, birlikte kahvaltı hazırladıkları gölgelikte gerçekleşir. İnanılmaz derecede fantastik zamanlarda deneyimleri paylaşan bir neşe, beklenti ve dikkat dağıtıcı andır.

Kahvaltı hazır olduktan sonra, sütun için bir sırtlık ile ahşap sandalyelere rahatça oturmuş masanın etrafında toplanırlar. Yemek yerken, samimi deneyimler paylaşırlar.

Belinha

Kız kardeşim, bu neydi?

Amelinha

Saf duygu! O sevgili kretinlerin bedenlerinin her detayını hala hatırlıyorum!

Belinha

Ben de! Çok büyük bir zevk hissettim. Neredeyse duyu dışıydı.

Amelinha

Biliyorum! Bu çılgın şeyleri daha sık yapalım!

Belinha

Kabul Ediyorum!

Amelinha

Testi beğendiniz mi?

Belinha

Çok sevdim. Performansımı kontrol etmek için ölüyorum!

Amelinha

Ben de!

Beslenmeyi bitirir bitirmez, kızlar mobil internete erişerek cep telefonlarını aldılar. Kanıtın geri bildirimini kontrol etmek için kuruluşun sayfasına gittiler. Kâğıda yazdılar ve cevapları kontrol etmek için odaya gittiler.

İçeride, iyi notayı gördüklerinde sevinçten zıpladılar. Geçmişlerdi! Hissedilen duygu şu anda zapt edilemiyordu. Çok şey kutladıktan sonra aklına en iyi fikir gelir: Görevin başarısını kutlayabilmeleri için Usta Renato'yu davet edin. Belinha yine görevden sorumludur. Telefonunu alır ve arar.

Belinha

Merhaba?

Renato
Merhaba, iyi misin? Nasılsın, tatlı Belle?
Belinha
Çok iyi! Az önce ne olduğunu tahmin et.
Renato
Bana söyleme seni...
Belinha
Evet! Yarışmayı geçtik!
Renato
Tebriklerim! Sana söylemedim mi?
Belinha
Her şekilde iş birliğiniz için size çok teşekkür etmek istiyorum. Beni anlıyorsun, değil mi?
Renato
Anlıyorum. Bir şeyler kurmamız gerekiyor. Tercihen evinizde.
Belinha
Tam da bu yüzden aradım. Bugün bunu yapabilir miyiz?
Renato
Evet! Bu gece bunu yapabilirim.
Belinha
Merak etmek. O zaman sizi gece saat sekizde bekliyoruz.
Renato
Tamam. Kardeşimi getirebilir miyim?
Belinha
Elbette!
Renato
Sonra görüşürüz!
Belinha
Sonra görüşürüz!
Bağlantı sona erer. Kız kardeşine bakarken, Belinha mutluluktan bir kahkaha atıyor. Meraklı, diğeri soruyor:
Amelinha
Ne olmuş yani? geliyor mu?

Belinha

Her şey yolunda! Bu gece saat sekizde yeniden bir araya geleceğiz. O ve kardeşi geliyor! Bunu daha önce düşündün mü?

Amelinha

Bana bundan bahset! Zaten duygularla zonkluyorum!

Belinha

Kalp olsun! Umarım işe yarar!

Amelinha

"Her şey yolunda gitti!

İkisi aynı anda çevreyi pozitif titreşimlerle doldurarak gülüyor. O anda, kaderin o ikili için eğlenceli bir gece için komplo kurduğundan şüphem yoktu. Birlikte o kadar çok aşamaya ulaşmışlardı ki, şimdi zayıflamayacaklardı. Bu nedenle erkekleri cinsel bir oyun olarak putlaştırmaya devam etmeli ve sonra onları atmalıdırlar. Bu, ırkın acılarının bedelini ödemek için yapabileceği en az şeydi. Aslında, hiçbir kadın acı çekmeyi hak etmez. Daha doğrusu, her kadın acıyı hak etmez.

İşe koyulma zamanı. Odayı zaten hazır bırakan iki kız kardeş, özel arabalarında ayrıldıkları garaja giderler. Amelinha, Belinha'yı önce okula götürür ve sonra çiftlik ofisine gider. Orada, neşe yayar ve profesyonel haberleri anlatır. Yarışmanın onaylanması için herkesin tebriklerini alır. Aynı şey Belinha'ya da olur.

Daha sonra eve dönerler ve tekrar buluşurlar. Sonra meslektaşlarınızı almak için hazırlık başlar. Gün daha da özel olacağına söz verdi.

Tam olarak planlanan zamanda, kapının çalındığını duyarlar. En zekisi Belinha ayağa kalkar ve cevap verir. Sağlam ve güvenli adımlarla kendini kapıya koyar ve yavaşça açar. Bu operasyonu tamamladıktan sonra, kardeş çiftini görselleştirir. Ev sahibinden gelen bir sinyalle, oturma odasındaki kanepeye girip yerleşirler.

Renato

Bu benim kardeşim. Adı Ricardo.

Belinha

Tanıştığımıza memnun oldum, Ricardo.

Amelinha

Buraya hoş geldiniz!

Ricardo

İkinize de teşekkür ediyorum. Zevk tamamen benim!

Renato

Ben hazırım! Sadece odaya gidebilir miyiz?

Belinha

Hadi!

Amelinha

Şimdi kim kimi alıyor?

Renato

Belinha, kendim seçiyorum.

Belinha

Teşekkürler Renato, teşekkür ederim! Birlikteyiz!

Ricardo

Amelinha ile kalmaktan mutluluk duyacağım!

Amelinha

Titreyeceksin!

Ricardo

Göreceğiz!

Belinha

O zaman parti başlasın!

Erkekler, kadınları nazikçe kollarına yerleştirerek içlerinden birinin yatak odasında bulunan yataklara kadar taşıdılar. Oraya vardıklarında, kıyafetlerini çıkarırlar ve çeşitli pozisyonlarda aşk ritüelini başlatan güzel mobilyalara düşerler, okşamalar ve suç ortaklığı yaparlar. Heyecan ve zevk o kadar büyüktü ki, sokak boyunca komşuları skandallaştıran iniltiler duyulabiliyordu. Demek istediğim, çok fazla değil, çünkü şöhretlerini zaten biliyorlardı.

Yukarıdan çıkan sonuçla, aşıklar kurabiyelerle meyve suyu içtikleri mutfağa geri dönerler. Yemek yerken, iki saat boyunca sohbet ederler ve grubun etkileşimini arttırırlar. Orada hayatı ve nasıl mutlu olunacağını öğrenmek ne kadar güzeldi. Memnuniyet, kendinizle ve dünyayla, başkaları tarafından yargılanamamanın kesinliğini taşıyan, başkalarının önünde deneyimlerini ve değerlerini onaylayan iyi olmaktır. Bu nedenle, inandıkları maksimum "Her biri kendi insanıdır" idi.

Gece karanlığında, sonunda veda ederler. Ziyaretçiler "Sevgili Pireneler"i yeni durumlar hakkında düşünürken daha da coşkulu bir şekilde terk ediyorlar. Dünya sadece iki sırdaşa doğru dönmeye devam etti. Şanslı olsunlar!

Manik palyaço

Pazar günü geldi ve onunla birlikte kasabada birçok haber geldi. Bunlar arasında, Brezilya'nın her yerinde ünlü olan "Superstar" adlı bir sirkin gelişi. Bölgede konuştuğumuz tek şey buydu. Doğuştan merakla, iki kız kardeş bu gece için planlanan gösterinin açılışına katılmak üzere programlandılar.

Programın yakınında, ikisi evlenmemiş kişi kutlamaları için özel bir akşam yemeğinden sonra dışarı çıkmaya hazırdılar. Gala için giyinmiş, her ikisi de aynı anda geçit töreni yaptılar, evden çıkıp garaja girdiler. Arabaya girerken, içlerinden birinin aşağı inip garajı kapatmasıyla başlarlar. Aynısının geri dönüşüyle, yolculuk daha fazla sorun yaşamadan devam ettirilebilir.

Saint Christopher bölgesinden ayrılarak, şehrin diğer ucunda, yaklaşık seksen bin nüfuslu hinterlandın başkenti Boa Vista bölgesine doğru ilerleyin. Sessiz caddelerde yürürken, mimariye, Noel dekorasyonuna, insanların ruhlarına, kiliselere, bahsettikleri dağlara, suç ortaklığında değiş tokuş edilen kokulu puntolara, yüksek sesle kayanın sesine, Fransız parfümüne, siyaset, iş dünyası, toplum, partiler, kuzeydoğu kültürü ve sırları hakkındaki konuşmalara hayran kalıyorlar. Her neyse, tamamen rahat, endişeli, gergin ve konsantre olmuşlardı.

Yolda, anında, ince bir yağmur yağar. Beklentilerin aksine, kızlar araç camlarını açarak küçük su damlalarının yüzlerini yağlamasını sağlıyor. Bu jest onların sadeliğini ve özgünlüğünü, gerçek kendini astral şampiyonlarını gösterir. Bu insanlar için en iyi seçenektir. Geçmişin başarısızlıklarını, huzursuzluğunu ve acısını ortadan kaldırmanın anlamı nedir? Onları hiçbir yere götürmezlerdi. Bu yüzden seçimleriyle mutluydular. Dünya onları yargılasa da umursamadılar çünkü kaderlerine sahiplerdi. Doğum günün kutlu olsun onlara!

Yaklaşık on dakika sonra, sirkin bağlı otoparkındalar. Arabayı kapatıyorlar, çevrenin iç avlusuna birkaç metre yürüyorlar. Erken geldikleri için ilk ağartıcılara otururlar. Siz şovu beklerken, patlamış mısır, bira alırlar, saçmalıkları ve sessiz puntoları bırakırlar. Sirkte olmaktan daha iyi bir şey yoktu!

Kırk dakika sonra gösteri başlatılır. Cazibe merkezleri arasında şaka yapan palyaçolar, akrobatlar, trapez sanatçıları, kontorsiyonistler, ölüm küresi, sihirbazlar, hokkabazlar ve müzikal bir gösteri bulunmaktadır. Üç saat boyunca büyülü anlar yaşarlar, komik, dikkatleri dağılmış, oynarlar, âşık olurlar, sonunda yaşarlar. Gösterinin dağılmasıyla birlikte, soyunma odasına gidip palyaçolardan birini selamladıklarından emin olurlar. Onları hiç olmamış gibi neşelendirme dublörlüğünü başarmıştı.

Sahnede, bir çizgi almalısın. Tesadüfen, soyunma odasına en son girenler onlar. Orada, sahneden uzakta, şekilsiz bir palyaço bulurlar.

"Buraya harika şovunuz için sizi tebrik etmeye geldik. İçinde Tanrı'nın bir armağanı var! Belinha izledi.

"Sözlerin ve jestlerin ruhumu sarstı. Bilmiyorum ama gözlerinde bir hüzün fark ettim. Haklı mıyım?

"Bu sözler için ikinize de teşekkür ederim. İsimleriniz neler? Palyaço cevap verdi.

"Benim adım Amelinha!

"Benim adım Belinha.

"Tanıştığımıza memnun oldum. Bana Gilbert diyebilirsin! Bu hayatta yeterince acı çektim. Bunlardan biri de eşimden son ayrılığımdı. 20 yıl yaşadıktan sonra karınızdan ayrılmanın kolay olmadığını anlamalısınız, değil mi? Ne olursa olsun, sanatımı yerine getirmekten memnuniyet duyuyorum.

"Zavallı adam! Üzgünüm! (Amelinha).

"Onu neşelendirmek için ne yapabiliriz? (Belinha).
"Nasıl olduğunu bilmiyorum. Eşimin ayrılığından sonra onu çok özlüyorum. (Gilbert).
"Bunu düzeltebiliriz, değil mi kardeşim? (Belinha).
"Tabii. Sen iyi görünümlü bir adamsın. (Amelinha)
"Teşekkür ederim kızlar. Sen harikasın. Gilbert haykırdı.

Daha fazla beklemeden, beyaz, uzun, güçlü, koyu gözlü erkeksi soyunmaya başladı ve bayanlar onun örneğini izledi. Çıplak, üçlü tam orada yerde ön sevişmeye girdi. Duygu alışverişi ve küfürden daha fazlası, seks onları eğlendirdi ve neşelendirdi. Bu kısa anlarda, daha büyük bir gücün, Tanrı'nın sevgisinin parçalarını hissettiler. Sevgi yoluyla, bir insanın başarabileceği daha büyük coşkunluğa ulaştılar.

Eylemi bitirdikten sonra giyinir ve vedalaşırlar. Bir adım daha ve varılan sonuç, insanın vahşi bir kurt olduğuydu. Asla unutamayacağınız manik bir palyaço. Artık sirki otoparka taşımak için terk ediyorlar. Geri dönüş yolunda arabaya biniyorlar. Sonraki birkaç güne daha fazla sürpriz vaat edildi.

İkinci şafak her zamankinden daha güzel geldi. Sabahın erken saatlerinde arkadaşlarımız güneşin sıcaklığını ve yüzlerinde dolaşan esintiyi hissetmekten memnuniyet duyarlar. Bu zıtlıklar, aynı şeyin fiziksel yönünde, iyi bir özgürlük, memnuniyet, memnuniyet ve neşe duygusuna neden oldu. Yeni bir günle yüzleşmeye hazırdılar.

Bununla birlikte, güçlerini kaldırmalarıyla sonuçlanacak şekilde yoğunlaştırırlar. Bir sonraki adım, süite gitmek ve bunu Bahia eyaletindeymiş gibi aşırı bir serserilikle yapmaktır. Tabii ki sevgili komşularımızı incitmemek için. Tüm azizlerin ülkesi kültür, tarih ve laik geleneklerle dolu muhteşem bir yerdir. Yaşasın Bahia.

Banyoda, yalnız olmadıkları garip duygusuyla kıyafetlerini çıkarırlar. Sarışın banyo efsanesini kim duymuştur? Bir korku filmi maratonundan sonra, onunla başının belaya girmesi normaldi. Sonraki anda, daha sessiz olmaya çalışarak başlarını salladılar. Birdenbire, her birinin aklına, siyasi yörüngelerine, vatandaş taraflarına, profesyonel, dini taraflarına ve cinsel yönlerine gelir. Kusurlu cihazlar oldukları için kendilerini iyi hissederler. Niteliklerin ve kusurların kişiliklerine eklendiğinden emindiler.

Dahası, kendilerini banyoya kilitlerler. Duşu açarak, bir önceki gecenin sıcağından dolayı sıcak suyun terli vücutlardan akmasına izin verirler. Sıvı, tüm üzücü şeyleri emen bir katalizör görevi görür. Şimdi tam da ihtiyaçları olan şey buydu: acıyı, travmayı, hayal kırıklıklarını, yeni beklentiler bulmaya çalışan huzursuzluğu unutmak. İçinde bulunduğumuz yıl bu konuda çok önemliydi. Hayatın her alanında fantastik bir dönüş.

Temizleme işlemi, Suya ek olarak Bitki süngerleri, sabun, Şampuan kullanımı ile başlatılır. Şu anda, sizi resifteki bileti ve sahildeki maceraları hatırlamaya zorlayan en iyi zevklerden birini hissediyorlar. Sezgisel olarak, vahşi ruhları, mümkün olan en kısa sürede analiz etmek için kaldıkları şeylerde daha fazla macera ister. İzin süresinin desteklediği durum, her ikisinin de kamu hizmetine adanmışlık ödülü olarak gerçekleştirilmiştir.

Yaklaşık 20 dakika boyunca, kendi samimiyetlerinde yansıtıcı bir an yaşamak için hedeflerini biraz kenara bıraktılar. Bu aktivitenin sonunda tuvaletten çıkarlar, ıslak vücudu havluyla silerler, temiz kıyafetler ve ayakkabılar giyerler, İsviçre parfümü giyerler, Almanya'dan gerçekten güzel güneş gözlükleri ve taçlarla makyaj ithal ederler. Tamamen hazır olarak, şerit üzerinde cüzdanlarıyla bardağa taşınırlar ve iyi Rab'be şükrederek yeniden birleşmeden mutlu bir şekilde kendilerini selamlarlar.

İş birliği içinde, kıskançlık kahvaltısı hazırlarlar: tavuk soslu kuskus, sebzeler, meyveler, kahve kreması ve kraker. Eşit parçalarda, yiyecekler bölünür. Sessizlik anlarını kısa kelime alışverişleriyle değiştirirler çünkü kibardılar. Bitmiş kahvaltı, amaçladıklarının ötesinde bir kaçış yok.

"Ne önerirsin, Belinha? Sıkıldım!

"Zekice bir fikrim var. Edebiyat festivalinde tanıştığımız kişiyi hatırlıyor musunuz?

"Hatırlıyorum. O bir yazardı ve adı İlahiydi.

"Onun numarası bende. İletişime geçmeye ne dersiniz? Nerede yaşadığını bilmek istiyorum.
"Ben de. Harika bir fikir. Yap. Buna bayılacağım.
"Tamam!
Belinha çantasını açtı, telefonunu aldı ve aramaya başladı. Birkaç dakika içinde, birisi satıra cevap verir ve konuşma başlar.
"Merhaba.
"Merhaba, İlahi. Anlaşıldı?
"Tamam, Belinha. Nasıl gidiyor?
"İyi gidiyoruz. Bakın, bu davet hala devam ediyor mu? Kız kardeşim ve ben bu akşam özel bir gösteri yapmak istiyoruz.
"Tabii ki, yapıyorum. Pişman olmayacaksınız. Burada testereler, bol doğa, büyük şirketin ötesinde temiz hava var. Bugün de müsaittim.
"Ne kadar harika. Köyün girişinde bizi bekleyin. En fazla 30 dakika içinde oradayız.
"Sorun değil. Sonra görüşürüz!
"Daha sonra görüşürüz!
Arama sona erer. Belinha, sırıtarak kız kardeşiyle iletişim kurmak için geri döner.
"Evet dedi. -Alım?
"Hadi bakalım. Daha ne bekliyoruz?
Her ikisi de bardaktan evin çıkışına kadar geçit töreni yapar ve arkalarındaki kapıyı bir anahtarla kapatır. Sonra garaja taşınırlar. Resmi aile arabasını kullanıyorlar, sorunlarını dünyanın en önemli topraklarında yeni sürprizler ve duygular beklerken geride bırakıyorlar. Şehrin öbür ucunda, yüksek bir ses duyulurken, kendileri için küçük umutlarını korudular. O anda sonsuza dek mutlu olma şansını düşünene kadar her şeye değerdi.
Kısa bir süre içinde, BR 232 otoyolunun sağ tarafına geçerler. Böylece, kursun başarı ve mutluluğa giden seyrini başlatır. Orta hızda, pistin kıyılarındaki dağ manzarasının tadını çıkarabilirler. Bilinen bir ortam olmasına rağmen, oradaki her pasaj bir yenilikten daha fazlasıydı. Yeniden keşfedilen bir benlikti.

Yerlerden, çiftliklerden, köylerden, mavi bulutlardan, küllerden ve güllerden, kuru havadan ve sıcak sıcaklıktan geçer. Programlanan zamanda, Brezilya'nın iç kesimlerinin girişinin en bukolik olanına geliyorlar. Albayların Mimoso'su, medyum, Tertemiz Anlayış ve yüksek entelektüel kapasiteye sahip insanlar.

İlçe girişine uğradıklarında her zamanki gibi aynı gülümsemeyle sevgili dostunuzu bekliyorlardı. Macera arayanlar için iyi bir işaret. Arabadan inerken, üçlü bir sarılmayla onları karşılayan asil meslektaşıyla buluşmaya giderler. Bu an bitmeyecek gibi görünüyor. Zaten tekrarlanıyorlar, ilk izlenimleri değiştirmeye başlıyorlar.

"Nasılsın, İlahi? Belinha'ya sordu.

"İyi, nasılsın? Medyuma karşılık geldi.

"Harika! (Belinha).

"Her zamankinden daha iyi, Amelinha tamamladı.

"Harika bir fikrim var. Ororubá dağına çıkmaya ne dersiniz? Tam sekiz yıl önce edebiyattaki yörüngem orada başladı.

"Ne güzel! Bu bir onur olacak! (Amelinha).

"Benim için de! Doğayı seviyorum. (Belinha).

"Öyleyse, şimdi gidelim. (Aldivan).

Takip etmek için imza atan iki kız kardeşin gizemli arkadaşı şehir merkezindeki sokaklarda ilerledi. Sağa doğru, özel bir yere girmek ve yaklaşık yüz metre yürümek onları testerenin dibine koyar. Hızlı bir şekilde dururlar, böylece dinlenebilir ve nemlendirilebilirler. Tüm bu maceralardan sonra dağa tırmanmak nasıl bir şeydi? Duygu huzur, toplama, şüphe ve tereddüttü. Kader tarafından vergilendirilen tüm zorluklarla ilk kez olduğu gibiydi. Birdenbire, arkadaşlar büyük yazarla gülümseyerek yüzleşirler.

"Her şey nasıl başladı? Bu sizin için ne anlama geliyor? (Belinha).

"2009'da hayatım monotonluk içinde döndü. Beni hayatta tutan şey, dünyada hissettiklerimi dışsallaştırma isteğiydi. İşte o zaman bu dağı ve onun harika mağarasının güçlerini duydum. Çıkış yolu yok, hayalim adına bir şans almaya karar verdim. Çantamı topladım, dağa tırmandım, dünyanın en ölümcül, en tehlikeli mağarası olan umutsuzluk mağarasına girmeye akredite olduğum üç meydan okumayı gerçekleştirdim. İçinde, odaya gitmeyi bitirerek büyük zorlukların üstesinden geldim. Mucizenin gerçekleştiği o ecstasy anıydı, psişik oldum, vizyonları aracılığıyla her şeyi bilen bir varlık oldum. Şimdiye kadar, yirmi macera daha oldu ve bu kadar çabuk durmayacağım. Okuyucular sayesinde, yavaş yavaş, dünyayı fethetme hedefime ulaşıyorum.

"Heyecan verici. Ben sizin hayranınızım. (Amelinha).

"Dokunmak. Bu görevi tekrar yerine getirme konusunda ne hissetmeniz gerektiğini biliyorum. (Belinha).

"Mükemmel. Başarı, inanç, pençe ve iyimserlik gibi iyi şeylerin bir karışımını hissediyorum. Bu bana iyi enerji veriyor, dedi medyum.

"İyi. Bize ne gibi tavsiyelerde bulunursunuz?

"Odağımızı koruyalım. Kendiniz için daha iyisini bulmaya hazır mısınız? (Usta).

"Evet. İkisini de kabul ettiler.

"O zaman beni takip et.

Üçlü girişime devam etti. Güneş ısınır, rüzgâr biraz daha güçlü esiyor, kuşlar uçup gidiyor ve şarkı söylüyor, taşlar ve dikenler hareket ediyor gibi görünüyor, yer sallanıyor ve dağ sesleri hareket etmeye başlıyor. Testere tırmanışında sunulan ortam budur.

Çok fazla deneyime sahip olan mağaradaki adam kadınlara her zaman yardım eder. Böyle davranarak, dayanışma ve iş birliği gibi önemli pratik erdemleri ortaya koydu. Buna karşılık, ona insani bir ısı ve eşit olmayan bir özveri ödünç verdiler. Aşılmaz, durdurulamaz, yetkin üçlü diyebiliriz.

Yavaş yavaş, mutluluk adımlarını adım adım yukarı çıkarırlar. Önemli başarılara rağmen, arayışlarında yorulmak bilmeden kalırlar. Bir devam filminde, yürüyüşün hızını biraz yavaşlatırlar, ancak sabit tutarlar. Söylendiği gibi, yavaş yavaş uzaklara gider. Bu kesinlik onlara her zaman eşlik eder ve manevi bir hasta spektrumu yaratır, dikkat, hoşgörü ve üstesinden gelir. Bu unsurlarla, herhangi bir sıkıntının üstesinden gelmek için inançları vardı.

Bir sonraki nokta, kutsal taş, kursun üçte birini tamamlar. Kısa bir mola var ve dua etmek, teşekkür etmek, düşünmek ve sonraki adımları planlamak için bundan zevk alıyorlar. Doğru ölçüde, umutlarını, korkularını, acılarını, işkencelerini ve üzüntülerini tatmin etmeye çalışıyorlardı. İman ettikleri için, silinmez bir huzur kalplerini doldurur.

Yolculuğun yeniden başlatılmasıyla, belirsizlik, şüpheler ve beklenmedik şeylerin gücü harekete geçer. Onları korkutsa da Tanrı'nın huzurunda olmanın ve iç kısımların küçük filizinin güvenliğini taşıyorlardı. Hiçbir şey ya da hiç kimse onlara zarar veremezdi, çünkü Tanrı buna izin vermezdi. Bu korumayı, başkalarının onları basitçe terk ettiği yaşamın her zor anında fark ettiler. Tanrı etkili bir şekilde bizim tek sadık dostumuzdur.

Dahası, yolun yarısıdırlar. Tırmanış daha fazla özveri ve melodi ile yürütülmeye devam ediyor. Genellikle sıradan dağcılarda olanların aksine, ritim motivasyona, iradeye ve teslimata yardımcı olur. Sporcu olmasalar da sağlıklı ve kararlı genç oldukları için performansları dikkat çekiciydi.

Rotanın dörtte üçünü tamamladıktan sonra, beklenti dayanılmaz seviyelere geliyor. Ne kadar beklemeleri gerekecekti? Bu baskı anında, yapılacak en iyi şey merakın momentumunu kontrol etmeye çalışmaktı. Artık tüm dikkat, karşıt güçlerin eyleminden kaynaklanıyordu.

Biraz daha zamanla, sonunda rotayı bitirirler. Güneş daha parlak parlıyor, Tanrı'nın ışığı onları aydınlatıyor ve bir izden, koruyucudan ve oğlu Renato'dan çıkıyor. Her şey o sevimli küçüklerin kalbinde tamamen yeniden doğdu. Bu kadar çok çalıştıkları için bu lütfu hak ettiler. Medyumun bir sonraki adımı, velinimetleriyle sıkı bir kucaklaşmaya girmektir. Meslektaşları onu takip ediyor ve beşli sarılmayı yapıyor.

"Seni gördüğüme sevindim, Tanrı'nın oğlu! Seni uzun zamandır görmedim! Annelik içgüdüm beni senin yaklaşımının konusunda uyardı, dedi atalardan kalma hanımefendi.

"Memnunum! Sanki ilk maceramı hatırlıyorum. Çok fazla duygu vardı. Dağ, zorluklar, mağara ve zaman yolculuğu hikayeme damgasını vurdu. Buraya geri dönmek bana güzel anılar getiriyor. Şimdi yanımda iki dost canlısı savaşçı getiriyorum. Kutsal olanla bu buluşmaya ihtiyaçları vardı.

"İsimleriniz nedir hanımlar? Dağın koruyucusuna sordu.

"Benim adım Belinha ve ben bir denetçiyim.

"Benim adım Amelinha ve ben bir öğretmenim. Arcoverde 'de yaşıyoruz.

"Hoş geldiniz hanımlar. (Dağın Muhafızı.)

"Minnettarız! İki ziyaretçinin birlikte gözlerinden yaşlar aktığını söyledi.

"Yeni arkadaşlıkları da seviyorum. Yine efendimin yanında olmak, bana anlatılmaz olanlardan özel bir zevk veriyor. Bunu nasıl anlayacağını bilen tek kişi ikimiziz. Bu doğru değil mi, ortağım? (Renato).

"Asla değişmezsin, Renato! Sözlerin paha biçilemez. Tüm çılgınlığımla birlikte, onu bulmak kaderimin iyi şeylerinden biriydi.

Arkadaşım ve kardeşim kelimeleri hesaplamadan medyuma cevap verdiler. Onun için beslenen gerçek duygu için doğal olarak ortaya çıktılar.

"Aynı ölçüde karşılık geliyoruz. Bu yüzden hikayemiz bir başarı, dedi genç adam.

"Bu hikâyede olmak ne kadar güzel. Dağın yörüngesinde ne kadar özel olduğu hakkında hiçbir fikrim yoktu, sevgili yazar, dedi Amelinha.

"O gerçekten takdire şayan, kız kardeşim. Ayrıca, arkadaşlarınız gerçekten çok iyi. Gerçek kurguyu yaşıyoruz ve bu var olan en harika şey. (Belinha).

"İltifatı takdir ediyoruz. Ancak, tırmanışta harcanan çabadan bıkmış olmalısınız. Eve gitmeye ne dersin? Her zaman sunacak bir şeyimiz var. (Hanımefendi).

"Konuşmalarımızı yakalama fırsatını yakaladık. Renato çok özlüyorum.

"Bence harika. Bayanlara gelince, ne diyorsunuz?

"Buna bayılacağım. (Belinha).

"Yapacağız!

"O zaman gidelim! Yüksek lisansı tamamladı.

Beşli, o fantastik figürün verdiği sırayla yürümeye başlar. Hemen, sınıfın yorgun iskeletlerine soğuk bir darbe vurdu. O kadın kimdi ve hangi güçlere sahipti? Birlikte geçen onca ana rağmen, gizem yedi anahtara açılan bir kapı olarak kilitli kaldı. Asla bilemeyeceklerdi çünkü bu dağ sırrının bir parçasıydı. Aynı zamanda, kalpleri sisin içinde kaldı. Sevgi bağışlamaktan ve tekrar almamaktan, affetmekten ve hayal kırıklığına uğratmaktan yorulmuşlardı. Her neyse ya hayatın gerçekliğine alıştılar ya da çok acı çekeceklerdi. Bu nedenle bazı tavsiyelere ihtiyaçları vardı.

Adım adım, engelleri aşacaklar. Anında, rahatsız edici bir çığlık duyarlar. Tek bir bakışla, patron onları sakinleştirir. Hiyerarşinin anlamı buydu, en güçlü ve en deneyimli olanlar korunurken, hizmetkarlar özveri, ibadet ve dostlukla geri dönüyorlardı. İki yönlü bir sokaktı.

Ne yazık ki, yürüyüşü büyük ve nezaketle yöneteceler. Belinha'nın kafasından hangi fikir geçmişti? Onlara zarar verebilecek kötü hayvanlar tarafından kırılan çalının ortasındaydılar. Bunun dışında ayaklarında dikenler ve sivri taşlar vardı. Her durumun kendi bakış açısı olduğu için, orada olmak kendinizi ve arzularınızı anlamak için tek şanstı, ziyaretçilerin hayatında bir eksiklikti. Yakında, maceraya değdi.

Bir sonraki yarı yolda, bir mola verecekler. Hemen orada bir meyve bahçesi vardı. Onlar cennete doğru gidiyorlar. Kutsal Kitap masalına atıfta bulunarak, kendilerini tamamen özgür ve doğayla bütünleşmiş hissettiler. Çocuklar gibi, ağaçlara tırmanarak oynarlar, meyveleri alırlar, aşağı inerler ve onları yerler. Sonra meditasyon yaparlar. Hayat anlarla yapılır yaratılmaz öğrendiler. İster üzgün ister mutlu olsunlar, hayattayken onlardan zevk almak iyidir.

Daha sonraki anda, ekli gölde serinletici bir banyo yaparlar. Bu gerçek, bir zamanların, hayatlarındaki en dikkat çekici deneyimlerin güzel anılarını kışkırtır. Çocuk olmak ne kadar güzeldi! Büyümek ve yetişkin hayatıyla yüzleşmek ne kadar zordu. İnsanların sahte, yalan ve sahte ahlakıyla yaşayın.

Devam ederek, kadere yaklaşıyorlar. Patikanın sağında, basit hovel'i zaten görebilirsiniz. Burası dağdaki en harika, gizemli insanların sığınağıydı. Onlar harikaydı, bir insanın değerinin sahip olduğu şeyde olmadığını kanıtlayan şey. Ruhun asaleti karakterde, hayırseverlikte ve danışmanlık tutumlarındadır. Yani, deyiş gider: meydandaki bir arkadaş, bir bankaya yatırılan paradan daha iyidir.

Birkaç adım ileri, kabinin girişinin önünde dururlar. İçsel sorularınıza cevap alacaklar mı? Bu ve diğer soruları sadece zaman cevaplayabilirdi. Bununla ilgili önemli olan şey, gelip giden her şey için orada olmalarıydı.

Hostesin rolünü üstlenen gardiyan kapıyı açar ve herkesin evin içine girmesini sağlar. Boş kabine girerler, her şeyi geniş çapta gözlemlerler. Süsleme, nesneler, mobilyalar ve gizem iklimi ile temsil edilen yerin inceliğinden etkilenirler. Çelişkili olarak, birçok saraydan daha fazla zenginlik ve kültürel çeşitlilik vardı. Böylece, mütevazı ortamlarda bile mutlu ve eksiksiz hissedebiliriz.

Renato'nün öğle yemeği hazırlamak için mutfağa gitmesi dışında, tek tek mevcut yerlere yerleşeceksiniz. Utangaçlığın ilk iklimi bozuldu.

"Sizi daha iyi tanımak istiyorum kızlar.

"Arcoverde City'den iki kızız. Profesyonel olarak mutluyuz, ama kaybedenler aşık. Eski partnerim tarafından ihanete uğradığımdan beri hayal kırıklığına uğradım, itiraf etti Belinha.

"İşte o zaman erkeklere geri dönmeye karar verdik. Onları cezbetmek ve bir nesne olarak kullanmak için bir anlaşma yaptık. Bir daha asla acı çekmeyeceğiz, dedi Amelinha.

"Onlara tüm desteğimi veriyorum. Onlarla kalabalığın içinde tanıştım ve şimdi burayı ziyaret etme fırsatı geldi. (Tanrı'nın Oğlu)

"İlginç. Bu, hayal kırıklıklarının acısına verilen doğal bir tepkidir. Ancak, takip edilmenin en iyi yolu bu değildir. Bütün bir türü bir kişinin tutumuna göre yargılamak açık bir hatadır. Her birinin kendi bireyselliği vardır. Bu kutsal ve utanmaz yüzünüz daha fazla çatışma ve zevk üretebilir. Bu hikâyenin doğru noktasını bulmak size kalmış. Yapabileceğim şey, arkadaşınızın yaptığı gibi destek olmak ve dağın kutsal ruhunu analiz eden bu hikâyenin bir aksesuarı olmak.

"Buna izin vereceğim. Kendimi bu tapınakta bulmak istiyorum. (Amelinha).

"Arkadaşlığını da kabul ediyorum. Fantastik bir pembe dizide olacağımı kim bilebilirdi ki? Mağara ve dağ efsanesi şimdi öyle görünüyor. Bir dilek tutabilir miyim? (Belinha).

"Tabii ki canım.

"Dağ varlıkları, başıma geldiği gibi mütevazı rüya görücülerin isteklerini duyabiliyorlar. İman edin! (Tanrı'nın oğlu).

"Çok inanılmıyorum. Ama eğer öyle derseniz, deneyeceğim. Hepimiz için başarılı bir sonuç istiyorum. Her birinizin yaşamın ana alanlarında gerçekleşmesine izin verin.

"Bunu kabul ediyorum! Odanın ortasında derin bir ses gürler.

Her iki fahişe de yere atlamış. Bu arada, diğerleri her ikisinin de tepkisine güldü ve ağladı. Bu gerçek daha çok bir kader eylemiydi. Ne sürpriz. Dağın tepesinde neler olup bittiğini tahmin edebilecek kimse yoktu. Ünlü bir Kızılderili olay yerinde öldüğünden beri, gerçeklik hissi doğaüstü, gizem ve sıra dışı olana yer bırakmıştı.

"O gök gürültüsü neydi? Şimdiye kadar titriyorum, itiraf etti Amelinha.

"Sesin ne dediğini duydum. Dileğimi doğruladı. Rüya görüyor muyum? Belinha'ya sordu.

"Mucizeler olur! Zamanla, bunu söylemenin ne anlama geldiğini tam olarak bileceksin, dedi usta.

"Ben dağa inanıyorum, sen de ona inanmalısın. Onun mucizesi sayesinde, burada kararlarıma ikna olmuş ve güvende kalıyorum. Bir kez başarısız olursak, baştan başlayabiliriz. Hayatta olanlar için her zaman umut vardır- çatıda bir sinyal gösteren psişik şamanı güvence altına alır.

"Bir ışık. Bu ne demek? (Belinha).

"Çok güzel ve parlak. (Amelinha).

"Bu bizim ebedi dostluğumuzun ışığıdır. Fiziksel olarak ortadan kaybolmasına rağmen, kalplerimizde bozulmadan kalacaktır. (Koruyucu

"Hepimiz hafifiz, ancak ayırt edici şekillerde. Kaderimiz mutluluktur. (Medyum).

İşte bu noktada Renato devreye girer ve bir teklifte bulunur.
"Dışarı çıkıp arkadaş bulmamızın zamanı geldi. Eğlence zamanı geldi.
"Bunu dört gözle bekliyorum. (Belinha)
"Daha ne bekliyoruz? Zamanı geldi. (ÇIĞLIKLAR)

Dörtlü ormanda dışarı çıkar. Adımların hızı, karakterlerin içsel bir ıstırabını ortaya çıkaran hızlıdır. Mimoso'nun kırsal ortamı, doğanın bir gösterisine katkıda bulundu. Hangi zorluklarla karşılaşırsınız? Vahşi hayvanlar tehlikeli olur mu? Dağ mitleri her an saldırabilirdi ki bu oldukça tehlikeliydi. Ama cesaret oradaki herkesin taşıdığı bir nitelikti. Hiçbir şey mutluluklarını durduramaz.

Zamanı geldi. Varlık ekibinde siyah bir adam, Renato ve sarı saçlı bir kişi vardı. Pasif takımda Divine, Belinha ve Amelinha vardı. Oluşturulan ekiple eğlence, kır ormanlarından gelen gri yeşillikler arasında başlar.

Siyah adam İlahi ile çıkıyor. Renato, Amelinha'yla çıkar ve sarışın adam Belinha ile çıkar. Grup seks, altısı arasındaki enerji alışverişinde başlar. Hepsi bir tanesi için herkes içindi. Seks ve zevk için susuzluk herkes için ortaktı. Pozisyon değiştirerek, her biri benzersiz hisler yaşar. Diğer seks modaliteleri arasında anal seks, vajinal seks, oral seks, grup seks deniyorlar. Bu, sevginin günah olmadığını kanıtlar. Bu, insan evrimi için temel enerjinin ticaretidir. Suçluluk duymadan, hızlı bir şekilde partnerlerini değiştirirler, bu da çoklu orgazm sağlar. Grubu içeren ecstasy'nin bir karışımıdır. Yorulana kadar saatlerce seks yapıyorlar.

Her şey tamamlandıktan sonra, ilk pozisyonlarına geri dönerler. Dağda hala keşfedilecek çok şey vardı.

Pazartesi sabahı her zamankinden daha güzel. Sabahın erken saatlerinde dostlarımız güneşin sıcaklığını ve yüzlerinde dolaşan esintiyi hissetmenin keyfini çıkarırlar. Bu zıtlıklar, aynı şeyin fiziksel yönünde, iyi bir özgürlük, memnuniyet, memnuniyet ve neşe duygusuna neden oldu. Yeni bir günle yüzleşmeye hazırdılar.

İkinci düşüncede, güçlerini kaldırmalarıyla sonuçlanacak şekilde yoğunlaştırırlar. Bir sonraki adım, süitlere gitmek ve sanki bahia durumundanmış gibi aşırı serserilikle yapmaktır. Tabii ki sevgili komşularımızı incitmemek için. Tüm azizlerin ülkesi kültür, tarih ve laik geleneklerle dolu muhteşem bir yerdir. Yaşasın Bahia!

Banyoda, yalnız olmadıkları garip duygusuyla kıyafetlerini çıkarırlar. Sarışın banyo efsanesini kim duymuştur? Bir korku filmi maratonundan sonra, onunla başının belaya girmesi normaldi. Sonraki anda, daha sessiz olmaya çalışarak başlarını salladılar. Birdenbire, her birinin siyasi yörüngesi, vatandaş tarafı, profesyonel, dini tarafı ve cinsel yönleri aklına gelir. Kusurlu cihazlar oldukları için kendilerini iyi hissederler. Niteliklerin ve kusurların kişiliklerine eklendiğinden emindiler.

Kendilerini banyoya kilitliyorlar. Duşu açarak, bir önceki gecenin sıcağından dolayı sıcak suyun terli vücutlardan akmasına izin verirler. Sıvı, tüm üzücü şeyleri emen bir katalizör görevi görür. Şimdi tam olarak ihtiyaç duydukları şey buydu: acıyı, travmayı, hayal kırıklıklarını, yeni beklentiler bulmaya çalışan huzursuzluğu unutun. İçinde bulunduğumuz yıl bu konuda çok önemliydi. Hayatın her alanında fantastik bir dönüş.

Temizleme işlemi, suyun ötesinde vücut sileceği, sabun, şampuan kullanımı ile başlatılır. Şu anda, resifteki geçişi ve sahildeki maceraları hatırlamaya zorlayan en iyi zevklerden birini hissediyorlar. Sezgisel olarak, vahşi ruhları, mümkün olan en kısa sürede analiz etmek için kaldıkları şeylerde daha fazla macera ister. İzin süresinin desteklediği durum, her ikisinin de kamu hizmetine adanmışlık ödülü olarak gerçekleştirilmiştir.

Yaklaşık 20 dakika boyunca, kendi samimiyetlerinde yansıtıcı bir an yaşamak için hedeflerini biraz kenara bıraktılar. Bu aktivitenin sonunda tuvaletten çıkarlar, ıslak vücudu havluyla silerler, temiz kıyafetler ve ayakkabılar giyerler, İsviçre parfümü giyerler, Almanya'dan gerçekten güzel güneş gözlükleri ve taçlarla makyaj ithal ederler. Tamamen hazır olarak, şerit üzerinde cüzdanlarıyla bardağa taşınırlar ve iyi Rab'be şükrederek yeniden birleşmeden mutlu bir şekilde kendilerini selamlarlar.

İş birliği içinde kıskançlık, tavuk sosu, sebzeler, meyve, kahve kreması ve krakerlerden oluşan bir kahvaltı hazırlarlar. Eşit parçalarda, yiyecekler bölünür. Sessizlik anlarını kısa kelime alışverişleriyle değiştirirler çünkü kibardılar. Kahvaltı bitti, amaçladıklarından daha kaçış kalmadı.

"Ne önerirsin, Belinha? Sıkıldım!

"Zekice bir fikrim var. Kalabalığın içinde bulduğumuz adamı hatırlıyor musun?

"Hatırlıyorum. O bir yazardı ve adı İlahiydi.

"Telefon numarası bende. İletişime geçmeye ne dersiniz? Nerede yaşadığını bilmek istiyorum.

"Ben de. Harika bir fikir. Yap. Çok isterdim.

"Tamam!

Belinha çantasını açtı, telefonunu aldı ve aramaya başladı. Birkaç dakika içinde, birisi satıra cevap verir ve konuşma başlar.

"Merhaba.

"Merhaba, İlahi, nasılsın?

"Tamam, Belinha. Nasıl gidiyor?

"İyi gidiyoruz. Bakın, bu davet hala devam ediyor mu? Ben ve kız kardeşim bu akşam özel bir gösteri yapmak istiyoruz.

"Tabii ki, yapıyorum. Pişman olmayacaksınız. Burada testereler, bol doğa, büyük şirketin ötesinde temiz hava var. Bugün de müsaittim.

"Ne kadar harika! O zaman bizi köyün girişinde bekle. En fazla 30 dakika içinde oradayız.

"Tamam! Yani, o zamana kadar!

"Daha sonra görüşürüz!

Arama sona erer. Belinha, sırıtarak kız kardeşiyle iletişim kurmak için geri döner.

"Evet dedi. Gidelim mi?

"Haydi! Daha ne bekliyoruz?

Her ikisi de bardaktan evin çıkışına kadar geçit töreni yapar ve arkalarındaki kapıyı bir anahtarla kapatır. Sonra garaja git. Resmi aile arabasına pilotluk yapmak, sorunlarını geride bırakarak dünyanın en önemli topraklarında yeni sürprizler ve duygular beklemek. Şehrin öbür ucunda, yüksek bir ses duyulurken, kendileri için küçük umutlarını korudular. O anda sonsuza dek mutlu olma şansını düşünene kadar her şeye değerdi.

Kısa bir süre içinde, BR 232 otoyolunun sağ tarafına geçerler. Bu nedenle, kursun başarı ve mutluluk seyrine başlayın. Orta hızda, pistin kıyılarındaki dağ manzarasının tadını çıkarabilirler. Bilinen bir ortam olmasına rağmen, oradaki her pasaj bir yenilikten daha fazlasıydı. Yeniden keşfedilen bir benlikti.

Yerlerden, çiftliklerden, köylerden, mavi bulutlardan, küllerden ve güllerden, kuru havadan ve sıcak sıcaklıktan geçer. Programlanan zamanda, Pernambuco eyaletinin iç kısmının girişinin en bukolik olanına geliyorlar. Albayların Mimoso'su, medyum, Tertemiz Anlayış ve yüksek entelektüel kapasiteye sahip insanlar.

İlçe girişine uğradığınızda her zamanki gibi aynı gülümsemeyle sevgili dostunuzu bekliyordunuz. Macera arayanlar için iyi bir işaret. Arabadan in, onları üçlü hale gelen bir sarılmayla karşılayan asil meslektaşınızla buluşmaya gidin. Bu an bitmeyecek gibi görünüyor. Zaten tekrarlanıyorlar, ilk izlenimleri değiştirmeye başlıyorlar.

"Nasılsın, İlahi? (Belinha)

"Peki, ya sen? (Medyum)

"Harika! (Belinha)

"Her zamankinden daha iyi" (Amelinha)

"Harika bir fikrim var, Ororuba dağına çıkmaya ne dersin? Tam sekiz yıl önce edebiyattaki yörüngem orada başladı.

"Ne güzel! Bu bir onur olacak! (Amelinha)

"Benim için de! Doğayı seviyorum! (Belinha)

"Öyleyse, şimdi gidelim! (Aldivan)

Onu takip etmek için imza atan iki kız kardeşin gizemli arkadaşı, şehir merkezinin sokaklarında ilerledi. Sağa doğru, özel bir yere girmek ve yaklaşık yüz metre yürümek onları testerenin dibine koyar. Dinlenmek ve nemlendirmek için hızlı bir mola verirler. Tüm bu maceralardan sonra dağa tırmanmak nasıl bir şeydi? Duygu huzur, toplama, şüphe ve tereddüttü. Kader tarafından vergilendirilen tüm zorluklarla ilk kez olduğu gibiydi. Birdenbire, arkadaşlar büyük yazarla gülümseyerek yüzleşirler.

"Her şey nasıl başladı? Bu sizin için ne anlama geliyor? (Belinha)

"2009'da hayatım monotonluk içinde döndü. Beni hayatta tutan şey, dünyada hissettiklerimi dışsallaştırma isteğiydi. İşte o zaman bu dağı ve onun harika mağarasının güçlerini duydum. Çıkış yolu yok, hayalim adına bir şans almaya karar verdim. Çantamı topladım, dağa tırmandım, umutsuzluğun mağarasına, dünyanın en ölümcül, tehlikeli mağarasına girdiğime inandığım üç meydan okumayı gerçekleştirdim. İçinde, odaya gitmeyi bitirerek büyük zorlukların üstesinden geldim. Mucizenin gerçekleştiği o ecstasy anıydı, psişik oldum, vizyonları aracılığıyla her şeyi bilen bir varlık oldum. Şimdiye kadar, yirmi macera daha oldu ve bu kadar çabuk durmayı düşünmüyorum. Okuyucuların yardımıyla, yavaş yavaş, dünyayı fethetme hedefime ulaşıyorum. (Tanrı'nın oğlu)

"Heyecan verici! Ben sizin hayranınızım. (Amelinha)

"Bu görevi tekrar yerine getirme konusunda ne hissetmen gerektiğini biliyorum. (Belinha)

"Çok iyi! Başarı, inanç, pençe ve iyimserlik gibi iyi şeylerin bir karışımını hissediyorum. Bu bana iyi enerji veriyor. (Medyum)

"İyi! Bize ne gibi tavsiyelerde bulunursunuz? (Belinha)

"Odağımızı koruyalım. Kendiniz için daha iyisini bulmaya hazır mısınız? (Usta)

"Evet! İkisini de kabul ettiler.

"O zaman beni takip et!

Üçlü girişime devam etti. Güneş ısınır, rüzgâr biraz daha güçlü esiyor, kuşlar uçup gidiyor ve şarkı söylüyor, taşlar ve dikenler hareket ediyor gibi görünüyor, yer sallanıyor ve dağ sesleri hareket etmeye başlıyor. Testere tırmanışında sunulan ortam budur.

Çok fazla deneyime sahip olan mağaradaki adam kadınlara her zaman yardım eder. Böyle davranarak, dayanışma ve iş birliği gibi önemli pratik erdemleri ortaya koydu. Buna karşılık, ona insani bir ısı ve eşsiz bir özveri ödünç verdiler. Aşılmaz, durdurulamaz, yetkin üçlü diyebiliriz.

Yavaş yavaş, mutluluk adımlarını adım adım yukarı çıkarırlar. Özveri ve sebatla, yüksek angico yu sollarlar, yolun dörtte birini tamamlarlar. Önemli başarılara rağmen, arayışlarında yorulmak bilmeden kalırlar. Çünkü tebrikler.

Bir devam filminde, yürüyüşün hızını biraz yavaşlatın, ancak sabit tutun. Söylendiği gibi, yavaş yavaş uzaklara gider. Bu kesinlik, sabır, dikkat, hoşgörü ve üstesinden gelmenin manevi spektrumunu yaratarak onlara her zaman eşlik eder. Bu unsurlarla, herhangi bir sıkıntının üstesinden gelmek için inançları vardı.

Bir sonraki nokta, kutsal taş kursun üçte birini tamamlar. Kısa bir mola var ve dua etmek, teşekkür etmek, düşünmek ve sonraki adımları planlamak için bundan zevk alıyorlar. Doğru ölçüde, umutlarını, korkularını, acılarını, işkencelerini ve üzüntülerini tatmin etmeye çalışıyorlardı. İman ettikleri için, silinmez bir huzur kalplerini doldurur.

Yolculuğun yeniden başlatılmasıyla, belirsizlik, şüpheler ve beklenmedik şeylerin gücü harekete geçer. Onları korkutsa da iç kısımdaki küçük filizinin huzurunda olmanın güvenliğini taşıyorlardı. Hiçbir şey ya da hiç kimse onlara zarar veremezdi, çünkü Tanrı buna izin vermezdi. Bu korumayı, başkalarının onları basitçe terk ettiği yaşamın her zor anında fark ettiler. Tanrı bizim tek gerçek ve sadık dostumuzdur.

Dahası, yolun yarısıdırlar. Tırmanış daha fazla özveri ve melodi ile yürütülmeye devam ediyor. Genellikle sıradan dağcılarda olanların aksine, ritim motivasyona, iradeye ve teslimata yardımcı olur. Sporcu olmasalar da sağlıklı ve kararlı genç olmaları için performansları dikkat çekiciydi.

Üçüncü çeyrek seyrinden itibaren beklentiler dayanılmaz seviyelere geliyor. Ne kadar beklemeleri gerekecekti? Bu baskı anında, yapılacak en iyi şey merakın momentumunu kontrol etmeye çalışmaktı. Artık tüm dikkat, karşıt güçlerin eyleminden kaynaklanıyordu.

Biraz daha zamanla, sonunda kursu bitirirler. Güneş daha parlak parlıyor, Tanrı'nın ışığı onları aydınlatıyor ve bir izden, koruyucudan ve oğlu Renato'dan çıkıyor. Her şey o sevimli küçüklerin kalbinde tamamen yeniden doğdu. Bu lütfu ekin-bitki yasası ile kazandılar.

Medyumun bir sonraki adımı, velinimetleriyle sıkı bir kucaklaşmaya girmektir. Meslektaşları onu takip ediyor ve beşli sarılmayı yapıyor.

"Seni gördüğüme sevindim, Tanrı'nın oğlu! Uzun zamandır görmüyor! Annelik içgüdüm beni senin yaklaşımın konusunda uyardı, atalarımın hanımı.

Memnunum! Sanki ilk maceramı hatırlıyorum. Çok fazla duygu vardı. Dağ, zorluklar, mağara ve zaman yolculuğu hikayeme damgasını vurdu. Buraya geri dönmek bana güzel anılar getiriyor. Şimdi yanımda iki dost canlısı savaşçı getiriyorum. Kutsal olanla bu buluşmaya ihtiyaçları vardı.

"İsimleriniz nedir hanımlar? (Koruyucu)

"Benim adım Belinha ve ben bir denetçiyim.

"Benim adım Amelinha ve ben bir öğretmenim. Arcoverde 'de yaşıyoruz.

"Hoş geldiniz hanımlar. (Koruyucu)

"Minnettarız! dedi iki ziyaretçinin birlikte gözlerinden yaşlar aktığını söyledi.

"Yeni arkadaşlıkları da seviyorum. Yine efendimin yanında olmak, bana anlatılmaz olanlardan özel bir zevk veriyor. Sadece bunu nasıl anlayacağını bilen insanlar ikimiziz. Bu doğru değil mi, ortağım? (Renato)

"Asla değişmezsin, Renato! Sözlerin paha biçilemez. Tüm çılgınlığımla birlikte, onu bulmak kaderimin iyi şeylerinden biriydi. Arkadaşım ve kardeşim. (Medyum).

Onun için beslenen gerçek duygu için doğal olarak ortaya çıktılar.

"Aynı ölçüde eşleştik. Bu yüzden hikayemiz bir başarıdır, "dedi genç adam.

"Bu hikâyenin bir parçası olmak güzel. Dağın yörüngesinde ne kadar özel olduğunu bile bilmiyordum, sevgili yazar "dedi Amelinha.

"O gerçekten takdire şayan, kız kardeşim. Ayrıca, arkadaşlarınız çok arkadaş canlısı. Gerçek kurguyu yaşıyoruz ve var olan en harika şey bu. (Belinha)

"İltifat için teşekkür ederiz. Bununla birlikte, tırmanışta harcanan çabadan bıkmış olmalılar. Eve gitmeye ne dersin? Her zaman sunacak bir şeyimiz var. (Hanımefendi)

"Konuşmaları yakalama şansını yakaladık. Seni çok özlüyorum" diye itiraf etti Renato

"Benim için sorun değil. Bayanlar için harika, bana ne diyorlar?

"Buna bayılacağım!" Belinha iddia etti.

"Evet, hadi gidelim," diye kabul etti Amelinha.

"Öyleyse gidelim!" Usta bitirdi.

Beşli, bu fantastik figürün verdiği sırayla yürümeye başlar. Şu anda, sınıfın yorgun iskeletlerine soğuk bir darbe vuruyor. O kadın kimdi, kimdi, güçleri kimdi? Birlikte geçen onca ana rağmen, gizem yedi anahtara açılan bir kapı olarak kilitli kaldı. Asla bilemeyeceklerdi çünkü bu dağ sırrının bir parçasıydı. Aynı zamanda, kalpleri sisin içinde kaldı. Sevgi bağışlamaktan ve tekrar almamaktan, affetmekten ve hayal kırıklığına uğratmaktan yorulmuşlardı. Her neyse ya hayatın gerçekliğine alıştılar ya da çok acı çekeceklerdi. Bu nedenle bazı tavsiyelere ihtiyaçları vardı.

Adım adım, engelleri aşacaksınız. Bir anda, rahatsız edici bir çığlık duyarlar. Tek bir bakışla, patron onları sakinleştirir. Hiyerarşinin anlamı buydu, en güçlü ve daha deneyimli olanlar korunurken, hizmetkarlar özveri, ibadet ve dostlukla geri dönüyorlardı. İki yönlü bir sokaktı.

Ne yazık ki, yürüyüşü büyük ve nezaketle yönetecekler. Belinha'nın kafasından geçen fikir neydi? Onlara zarar verebilecek kötü hayvanlar tarafından kırılan çalının ortasındaydılar. Bunun dışında ayaklarında dikenler ve sivri taşlar vardı. Her durumun kendi bakış açısı olduğu için, orada olmak, kendinizi ve arzularınızı anlayabilmeniz için tek şanstı, ziyaretçilerin yaşamlarında bir eksiklikti. Yakında, maceraya değdi.

Bir sonraki yarı yolda, bir mola verecekler. Hemen orada bir meyve bahçesi vardı. Onlar cennete doğru gidiyorlar. Kutsal Kitap masalına atıfta bulunarak, kendilerini tamamlayıcı olarak özgür ve doğayla bütünleşmiş hissettiler. Çocuklar gibi, ağaçlara tırmanarak oynarlar, meyveleri alırlar, aşağı inerler ve onları yerler. Sonra meditasyon yaparlar. Hayat anlarla yapılır yaratılmaz öğrendiler. İster üzgün ister mutlu olsunlar, hayattayken onlardan zevk almak iyidir.

Daha sonraki anda, ekli gölde serinletici bir banyo yaparlar. Bu gerçek, bir zamanların, hayatlarındaki en dikkat çekici deneyimlerin güzel anılarını kışkırtır. Çocuk olmak ne kadar güzeldi! Büyümek ve yetişkin hayatıyla yüzleşmek ne kadar zordu. İnsanların sahte, yalan ve sahte ahlakıyla yaşayın.

Devam ederek, kadere yaklaşıyorlar. Patikanın sağında, basit hovel'i zaten görebilirsiniz. Burası dağdaki en harika, gizemli insanların sığınağıydı. Bir insanın değerinin sahip olduğu şeyde olmadığını kanıtlayan şey şaşırtıcıydı. Ruhun asaleti karakterde, hayır kurumlarının ve danışmanlığın tutumlarındadır. Bu yüzden şöyle diyorlar: Meydandaki bir arkadaş, bir bankaya yatırılan paradan daha değerlidir.

Birkaç adım ileri, kabinin girişinin önünde dururlar. İçsel sorularına cevap aldılar mı? Bu ve diğer soruları sadece zaman cevaplayabilirdi. Bununla ilgili önemli olan şey, gelip giden her şey için orada olmalarıydı.

Hostesin rolünü üstlenen gardiyan, herkesin evin içine erişmesini sağlayan kapıyı açar. Büyük cihazdaki her şeyi izleyerek eşsiz boş hücreye girerler. Süsleme, nesneler, mobilyalar ve gizem iklimi ile temsil edilen yerin inceliğinden etkilenirler. C'ye göre, o yerde birçok saraydan daha fazla zenginlik ve kültürel çeşitlilik vardı. Böylece, mütevazı ortamlarda bile mutlu ve eksiksiz hissedebiliriz.

Renato 'nün mutfağı hariç müsait yerlere birer birer yerleşecek, öğle yemeği hazırlayacaksınız. Utangaçlığın ilk iklimi bozuldu.

"Sizi daha iyi tanımak istiyorum kızlar. (Vasi)

"Arcoverde City'den iki kızız. Her ikisi de mesleğe yerleşti, ancak aşkta kaybedenler. Eski partnerim tarafından ihanete uğradığımdan beri hayal kırıklığına uğradım, itiraf etti Belinha.

"İşte o zaman erkeklere geri dönmeye karar verdik. Onları cezbetmek ve bir nesne olarak kullanmak için bir anlaşma yaptık. Bir daha asla acı çekmeyeceğiz. (Amelinha)

"Hepsini destekleyeceğim. Onlarla kalabalığın içinde tanıştım ve şimdi bizi burada ziyarete geldiler ve bu da iç mekânın filizlenmesini zorladı.

"İlginç. Bu, acı çeken hayal kırıklıklarına verilen doğal bir tepkidir. Ancak, takip edilmenin en iyi yolu bu değildir. Bütün bir türü bir kişinin tutumuna göre yargılamak açık bir hatadır. Her birinin kendi bireyselliği vardır. Bu kutsal ve utanmaz yüzünüz daha fazla çatışma ve zevk üretebilir. Bu hikâyenin doğru noktasını bulmak size kalmış. Yapabileceğim şey, arkadaşınızın yaptığı gibi destek olmak ve dağın kutsal ruhunu analiz eden bu hikâyenin bir aksesuarı olmak.

"Buna izin vereceğim. Kendimi bu tapınakta bulmak istiyorum. (Amelinha)

"Ben de arkadaşlığını kabul ediyorum. Fantastik bir pembe dizide olacağımı kim bilebilirdi ki? Mağara ve dağ efsanesi şimdi öyle görünüyor. Bir dilek tutabilir miyim? (Belinha)

"Tabii ki canım.

"Dağ varlıkları, başıma geldiği gibi mütevazı rüya görücülerin isteklerini duyabiliyorlar. İman edin! Tanrı'nın oğlunu motive etmiştir.

"Çok inanılmıyorum. Ama eğer öyle derseniz, deneyeceğim. Hepimiz için başarılı bir sonuç istiyorum. Her birinizin yaşamın ana alanlarında gerçekleşmesine izin verin. (Belinha)

"Bunu kabul ediyorum!" Odanın ortasında derin bir ses gürle."

Her iki fahişe de yere atlamış. Bu arada, diğerleri her ikisinin de tepkisine güldü ve ağladı. Bu gerçek daha çok bir kader eylemiydi. Ne sürpriz! Dağın tepesinde neler olup bittiğini tahmin edebilecek kimse yoktu. Ünlü bir Kızılderili olay yerinde öldüğünden beri, gerçeklik hissi doğaüstü, gizem ve sıra dışı olana yer bırakmıştı.

"O gök gürültüsü neydi? Şu ana kadar titriyorum. (Amelinha)

"Sesin ne dediğini duydum. Dileğimi doğruladı. Rüya görüyor muyum? (Belinha)

"Mucizeler olur! Zamanla, bunu söylemenin ne anlama geldiğini tam olarak bileceksiniz. " Ustayı şaşırttı ".

"Ben dağa inanıyorum, sen de inanmalısın. Onun mucizesi sayesinde, burada kararlarıma ikna olmuş ve güvende kalıyorum. Bir kez başarısız olursak, baştan başlayabiliriz. Hayatta olanlar için her zaman umut vardır. "Çatıda bir sinyal gösteren medyum şamanına güvence verdi".

"Bir ışık. Bu ne demek? gözyaşları içinde, Belinha.

"Çok güzel, parlak ve konuşkan. (Amelinha)

"Bu bizim ebedi dostluğumuzun ışığıdır. Fiziksel olarak ortadan kaybolmasına rağmen, kalplerimizde bozulmadan kalacaktır. (Vasi)

"Hepimiz seçkin şekillerde olsa da hafifiz. Kaderimiz mutluluktur-psişiği doğrular.

İşte bu noktada Renato devreye girer ve bir teklifte bulunur.

"Dışarı çıkıp arkadaş bulmamızın zamanı geldi. Eğlence zamanı geldi.

"Bunu dört gözle bekliyorum. (Belinha)

"Daha ne bekliyoruz? Zamanı geldi. (Amelinha)

Dörtlü ormanda dışarı çıkar. Adımların hızı, karakterlerin içsel bir ıstırabını ortaya çıkaran hızlıdır. Mimoso'nun kırsal ortamı, doğanın bir gösterisine katkıda bulundu. Hangi zorluklarla karşılaşırsınız? Vahşi hayvanlar tehlikeli olur mu? Dağ mitleri her an saldırabilirdi ki bu oldukça tehlikeliydi. Ama cesaret oradaki herkesin taşıdığı bir nitelikti. Hiçbir şey mutluluklarını durduramazdı.

Zamanı geldi. Varlık ekibinde siyah bir adam, Renato ve sarı saçlı bir kişi vardı. Pasif takımda Divine, Belinha ve Amelia vardı. Oluşan ekip; eğlence, kırsal ormanların gri yeşili arasında başlar.

Siyah adam İlahi çıkıyor. Renato, Amelia'yla çıkar ve sarışın Belinha ile çıkar. Grup seks, altısı arasındaki enerji alışverişinde başlar. Hepsi bir tanesi için herkes içindi. Seks ve zevk için susuzluk herkes için ortaktı. Değişen pozisyonlar, her biri benzersiz hisler yaşar. Diğer seks modaliteleri arasında anal seks, vajinal seks, oral seks, grup seks deniyorlar. Bu, sevginin günah olmadığını kanıtlar. Bu, insan evrimi için temel enerjinin ticaretidir. Suçluluk duyguları olmadan, hızlı bir şekilde eş değiştirirler, bu da çoklu orgazm sağlar. Grubu içeren ecstasy'nin bir karışımıdır. Yorulana kadar saatlerce seks yapıyorlar.

Her şey tamamlandıktan sonra, ilk pozisyonlarına geri dönerler. Dağda hala keşfedilecek çok şey vardı.
Son

www.ingramcontent.com/pod-product-compliance
Lightning Source LLC
LaVergne TN
LVHW020440080526
838202LV00055B/5288